AF385419

FÉNELON.

LETTRE
SUR LES OCCUPATIONS
DE L'ACADÉMIE FRANÇAISE,

SUIVIE DES

LETTRES DE LAMOTTE ET DE FÉNELON

SUR HOMÈRE ET SUR LES ANCIENS,

Nouvelle édition collationnée sur les meilleurs textes

et accompagnée

DE NOTES HISTORIQUES, LITTÉRAIRES
ET GRAMMATICALES,

PAR M. E. DESPOIS,

Professeur au lycée Descartes, à Paris.

PARIS

DÉZOBRY ET E. MAGDELEINE LIBRAIRES-ÉDITEURS,

RUE DES MAÇONS SORBONNE, 1.

LETTRE

SUR LES OCCUPATIONS

DE

L'ACADÉMIE FRANÇOISE.

1714.

Je suis honteux, Monsieur [1], de vous devoir depuis si longtemps une réponse : mais ma mauvaise santé [2] et mes embarras continuels ont causé ce retardement. Le choix que l'Académie a fait de votre personne pour l'emploi de son secrétaire perpétuel m'a donné une véritable joie. Ce choix est digne de la compagnie [3] et de vous : il promet beaucoup au public pour les belles-lettres. J'avoue que la demande que vous me faites au nom d'un corps auquel je dois tant, m'embarrasse un peu : mais je vais parler au hasard, puisqu'on l'exige. Je le ferai avec une grande défiance de mes pensées, et une sincère déférence pour ceux qui daignent me consulter.

I. Du Dictionnaire.

Le Dictionnaire auquel l'Académie travaille mérite sans doute qu'on l'achève [4]. Il est vrai que l'usage, qui change

[1] M. Dacier, secrétaire perpétuel de l'Académie.

[2] « Ma mauvaise santé. » Depuis longtemps la santé de Fénelon s'était altérée ; mais son courage et sa piété le soutinrent jusqu'à la fin. Il mourut quelques mois après, le 7 janvier 1715.

[3] « Compagnie. » C'était l'expression dont on se servait pour désigner les grands corps de magistrature. Bossuet emploie souvent ce mot pour désigner le sénat de Rome. L'Académie était, en littérature, la magistrature souveraine.

[4] « Le Dictionnaire, etc. » Bossuet, qui fut en toutes choses un partisan zélé de l'autorité, parle de cette entreprise utile avec plus d'enthousiasme : « L'usage, je le confesse, est appelé avec raison le père des langues. Le droit de les établir, aussi bien que de les régler, n'a jamais été disputé à la multitude ; mais si cette liberté ne veut pas être contrainte, elle souffre toutefois d'être dirigée. Vous êtes, Messieurs, un conseil réglé et perpétuel, dont le crédit, établi sur l'approbation publique, peut réprimer les bizarreries de l'usage, et tempérer les déréglements de cet empire trop populaire. C'est le fruit que nous espérons recevoir bientôt de cet ouvrage admirable, que vous méditez ; je veux dire ce trésor de la langue, etc. » *Discours de réception*, 1671.

souvent pour les langues vivantes, pourra changer ce que ce Dictionnaire aura décidé.

> Nedum sermonum stet honos et gratia vivax.
> Multa renascentur quæ jam cecidere, cadentque
> Quæ nunc sunt in honore vocabula, si volet usus,
> Quem penes arbitrium est et jus et norma loquendi [1].

Mais ce Dictionnaire aura divers usages. Il servira aux étrangers, qui sont curieux de notre langue [2], et qui lisent avec fruit les livres excellents en plusieurs genres qui ont été faits en France. D'ailleurs les François les plus polis [3] peuvent avoir quelquefois besoin de recourir à ce Dictionnaire par rapport à des termes [4] sur lesquels ils doutent. Enfin, quand notre langue sera changée, il servira à faire entendre les livres dignes de la postérité qui sont écrits en notre temps. N'est-on pas obligé d'expliquer maintenant le langage de Villehardouin et de Joinville [5] ? Nous serions ravis d'avoir des dictionnaires grecs et latins faits par les anciens mêmes. La perfection des dictionnaires est même un point où il faut avouer que les Modernes ont enchéri sur les Anciens [6]. Un jour on sentira la commodité d'avoir un dictionnaire qui serve de clef à tant de bons livres. Le prix de cet ouvrage ne peut manquer de croître à mesure qu'il vieillira.

[1] HORAT., *de Art. poet.*, *v.* 69—72.
> La gloire du langage est bien plus passagère,
> Des mots presque oubliés reverront la lumière,
> Et d'autres que l'on prise auront un jour leur fin :
> L'usage est de la langue arbitre souverain.   DARU.

[2] « De notre langue. » Les conquêtes de Louis XIV, l'éclat de notre littérature, et enfin la dispersion des protestants français en Allemagne et en Angleterre, avaient rendu notre langue populaire en Europe. Le P. Bouhours la déclare déjà la langue universelle ; et il va jusqu'à affirmer, que, depuis que les ambassadeurs de son *incomparable monarque* ont conclu un traité de commerce avec le schah de Perse, *les Persans étudient le françois avec une ardeur incroyable.* (Entretiens d'Ariste et d'Eugène, 2.)

[3] « Les plus polis. » Cette expression n'indiquait pas seulement la politesse des manières ; elle désignait aussi la perfection du langage et la délicatesse du goût.

[4] « Par rapport à. » Tournure vieillie : expression vague et peu regrettable.

[5] VILLEHARDOUIN, historien de la quatrième croisade à laquelle il prit part. — JOINVILLE, sénéchal de Champagne, accompagna Louis IX dans sa première croisade : il a écrit l'histoire du saint roi.

[6] « Sur les Anciens. » *Ont enchéri sur*, ont surpassé les Anciens, — On était alors très-préoccupé de la querelle des Anciens et des Modernes.

II. Projet de Grammaire.

Il seroit à désirer, ce me semble, qu'on joignît au Dictionnaire une Grammaire françoise [1] : elle soulageroit beaucoup les étrangers, que nos phrases irrégulières embarrassent souvent. L'habitude de parler notre langue nous empêche de sentir ce qui cause leur embarras. La plupart même des François auroient quelquefois besoin de consulter cette règle : ils n'ont appris leur langue que par le seul usage, et l'usage a quelques défauts en tous lieux. Chaque province a les siens ; Paris n'en est pas exempt. La cour même se ressent un peu du langage de Paris, où les enfants de la plus haute condition sont d'ordinaire élevés [2]. Les personnes les plus polies ont de la peine à se corriger sur certaines façons de parler qu'elles ont prises pendant leur enfance en Gascogne, en Normandie, ou à Paris même, par le commerce des domestiques.

Les Grecs et les Romains ne se contentoient pas d'avoir appris leur langue naturelle par le simple usage ; ils l'étudioient encore dans un âge mûr par la lecture des grammairiens, pour remarquer les règles, les exceptions, les

---

[1] « Une grammaire. » Dans un *Mémoire sur les occupations de l'Académie françoise*, écrit l'année précédente, Fénelon insistait déjà sur la nécessité de joindre au dictionnaire qui s'achevait alors, une grammaire ou tout au moins des remarques sur la langue française. « Le « Dictionnaire le plus parfait ne contient jamais que la moitié d'une « langue ; il ne présente que les mots et leur signification, comme un « clavecin bien accordé ne fournit que des touches, qui expriment à « la vérité la juste valeur de chaque son, mais qui n'enseignent ni l'art « de les employer, ni les moyens de juger de l'habileté de ceux qui les « emploient. »

[2] « Elevés. » Il faut se rappeler que la cour était habituellement à Versailles. Elle faisait autorité en matière de langue. «*S'embarquer dans « une affaire* a beaucoup de grâce et est de la cour, » dit le P. Bouhours. « Ce n'était pas une illusion de flatterie que la supériorité et la grâce « attribuées à ces entretiens de Versailles, où Louis XIV portait la noble « précision de ses paroles, où tant de femmes si belles étaient admi- « rées pour leur esprit, où l'auteur des *Maximes*, le philosophe de la « Fronde, La Rochefoucauld paraissait quelquefois, où Molière était « de service, où Grammont causait comme écrit Hamilton, où Bossuet, « Fleury, La Bruyère conversant à part dans l'*allée des philosophes*, « étaient rejoints par Condé, où Fénelon était maître de l'oreille et « du cœur de tous ceux qui l'écoutaient, et où, sous la physionomie « attentive d'un duc, assidu courtisan, se cachait, avec ses *Mémoires* « longtemps inédits, l'incorrect mais unique rival de Tacite et de Bos- « suet *. » M. VILLEMAIN, *Préface du Dictionnaire de l'Académie.*

* Le duc de Saint-Simon.

étymologies, les sens figurés, l'artifice de toute la langue, et ses variations.

Un savant grammairien court risque de composer une Grammaire trop curieuse [1] et trop remplie de préceptes. Il me semble qu'il faut se borner à une méthode courte et facile. Ne donnez d'abord que les règles les plus générales; les exceptions viendront peu à peu. Le grand point est de mettre une personne le plus tôt qu'on peut dans l'application sensible des règles par un fréquent usage : ensuite cette personne prend plaisir à remarquer le détail des règles qu'elle a suivies d'abord sans y prendre garde.

Cette Grammaire ne pourroit pas fixer une langue vivante ; mais elle diminueroit peut-être les changements capricieux par lesquels la mode règne sur les termes comme sur les habits. Ces changements, de pure fantaisie, peuvent embrouiller et altérer une langue, au lieu de la perfectionner.

III. Projet d'enrichir la langue.

Oserai-je hasarder ici, par un excès de zèle, une proposition que je soumets à une compagnie si éclairée ? Notre langue manque d'un grand nombre de mots et de phrases : il me semble même qu'on l'a gênée et appauvrie [2], depuis environ cent ans, en voulant la purifier. Il est vrai qu'elle étoit encore un peu informe et trop *verbeuse* [3] . Mais le vieux langage se fait regretter, quand nous le retrouvons dans Marot, dans Amyot, dans le cardinal d'Ossat [4], dans les ouvrages les plus enjoués, et dans les plus sérieux : il avoit je ne sais quoi de court, de naïf, de hardi, de vif et

---

[1] « Trop curieuse. » Qui soulève trop de questions. Dans un plan d'études écrit en 1696 pour le duc de Bourgogne, Fénelon déclare, qu'*il ne donnera aucun temps à la grammaire, ou qu'il ne lui en donnera que fort peu :* il se bornera aux notions les plus générales : « Nous avons, dit-il, un extrême besoin d'être sobres, et en garde sur « tout ce qui s'appelle *curiosité.* »

[2] « Gênée et appauvrie. » C'est aussi l'opinion de La Bruyère. (*De quelques usages.*)

[3] « Verbeuse. » Archaïsme piquant : en demandant la réhabilitation de certains mots, Fénelon joint en passant l'exemple au précepte. *Verbeux* ne se trouve pas dans le dictionnaire de Furetière : on y trouve *verbosité.*

[4] MAROT (*Clément*), poëte célèbre, qui vivait sous le règne de François 1er. — AMYOT, précepteur du roi Charles IX, et traducteur de Plutarque. — OSSAT (*Arnaud d'*), célèbre diplomate employé par Henri IV. On a de lui un recueil de lettres diplomatiques.

de passionné [1]. On a retranché, si je ne me trompe, plus de mots qu'on n'en a introduit [2]. D'ailleurs, je voudrois n'en perdre aucun, et en acquérir de nouveaux. Je voudrois autoriser tout terme qui nous manque, et qui a un son doux, sans danger d'équivoque.

Quand on examine de près la signification des termes, on remarque qu'il n'y en a presque point qui soient entièrement synonymes entre eux. On en trouve un grand nombre qui ne peuvent désigner suffisamment un objet, à moins qu'on n'y ajoute un second mot : de là vient le fréquent usage des circonlocutions. Il faudroit abréger en donnant un terme simple et propre pour exprimer chaque objet, chaque sentiment, chaque action. Je voudrois même plusieurs synonymes pour un seul objet : c'est le moyen d'éviter toute équivoque [3], de varier les phrases, et de faciliter l'harmonie, en choisissant celui de plusieurs synonymes qui sonneroit le mieux avec le reste du discours.

Les Grecs avoient fait un grand nombre de mots composés [4], comme *Pantocrator, glaucopis, eucnemides, etc.* Les Latins, quoique moins libres en ce genre, avoient un peu imité les Grecs, *lanifica, malesuada, pomifer, etc.*

---

[1] « De vif et de passionné. » On sait que, de nos jours, P.-L. Courier voulut faire revivre cette langue du seizième siècle, qu'il connaissait mieux que personne ; mais les réhabilitations sont rarement heureuses, pour les mots comme pour les écrivains. L'emploi des archaïsmes, si on n'y apporte beaucoup de réserve et une extrême délicatesse, donne au style quelque chose d'étrange et de forcé.

[2] « Qu'on n'en a introduit. » On peut voir, dans le chapitre de La Bruyère, *De quelques usages,* qu'un certain nombre des termes qu'il cite comme passés de mode, sont rentrés dans la langue après en avoir été exclus. — Quand l'Académie publia la première édition de son Dictionnaire, en 1694, on l'accusa d'avoir repoussé trop dédaigneusement quelques mots expressifs. Les observations de Fénelon, si développées, et présentées avec quelque précaution, semblent prouver qu'il partageait cette opinion. « On lit dans les factums satiriques de Furetière, « contre ses anciens confrères, que La Fontaine était fort assidu aux « séances de l'Académie et à la discussion du Dictionnaire ; mais qu'il « ne pouvait y faire admettre, par les plus sages de l'Académie, les « mots *de sa connoissance,* ceux qu'il avait appris dans Marot et dans « Rabelais. » M. VILLEMAIN, *Préf. du Dictionn. de l'Académie.*

[3] « D'éviter toute équivoque. » C'est aussi le moyen d'encombrer la langue ; le langage doit être la copie la plus exacte de la pensée ; pourquoi donc plusieurs mots pour exprimer une seule idée ?

[4] « De mots composés. » On connaît la tentative malheureuse de Ronsard et de son école : il cherchait à introduire des mots composés à l'imitation des Grecs, le *sommeil charme-souci ; l'abeille suce-fleurs ; les dieux chèvre-pieds* (les satyres). Il regrettait naïvement de

Cette composition servoit à abréger, et à faciliter la magnificence des vers. De plus, ils rassembloient sans scrupule plusieurs dialectes dans le même poëme, pour rendre la versification plus variée et plus facile.

Les Latins ont enrichi leur langue des termes étrangers qui manquoient chez eux. Par exemple, ils manquoient des termes propres pour la philosophie, qui commença si tard à Rome : en apprenant le grec, ils en empruntèrent les termes pour raisonner sur les sciences. Cicéron, quoique très-scrupuleux sur la pureté de sa langue, emploie librement les mots grecs dont il a besoin. D'abord, le mot grec ne passoit que comme étranger; on demandoit permission de s'en servir; puis la permission se tournoit en possession et en droit.

J'entends dire que les Anglois ne se refusent aucun des mots qui leur sont commodes : ils les prennent partout où ils les trouvent chez leurs voisins. De telles usurpations sont permises. En ce genre, tout devient commun par le seul usage. Les paroles ne sont que des sons dont on fait arbitrairement les figures de nos pensées. Ces sons n'ont en eux-mêmes aucun prix. Ils sont autant au peuple qui les emprunte, qu'à celui qui les a prêtés. Qu'importe qu'un mot soit né dans notre pays, ou qu'il nous vienne d'un pays étranger ? La jalousie seroit puérile, quand il ne s'agit que de la manière de mouvoir ses lèvres, et de frapper l'air [1].

D'ailleurs nous n'avons rien à ménager sur ce faux point d'honneur. Notre langue n'est qu'un mélange de grec, de latin et de tudesque, avec quelques restes confus de gaulois. Puisque nous ne vivons que sur ces emprunts, qui sont devenus notre fonds propre, pourquoi aurions-nous une mauvaise honte sur la liberté d'emprunter, par laquelle

ne pouvoir transporter en français les épithètes grecques, sans y rien changer. .

> Combien je suis marry que la Muse françoise
> Ne fasse pas ses mots comme fait la Grégeoise,
> *Ocymore, Dyspotme, Oligochronien :*
> Certes je le dirois du sang valésien.
> (ὠκύμορος, δύσποτμος, ὀλιγοχρόνιος.)

[1] « De frapper l'air. » Tout cela est parfaitement dit : mais l'expérience a prouvé que Fénelon allait trop loin. On a réalisé toutes les innovations qu'il proposait, et on a vu ce qui en est résulté ; la langue française s'est surchargée de néologismes inutiles, dont Bossuet, Pascal et Fénelon lui-même avaient pu se passer.

nous pouvons achever de nous enrichir ? Prenons de tous côtés tout ce qu'il nous faut pour rendre notre langue plus claire, plus précise, plus courte [1], et plus harmonieuse ; toute circonlocution affoiblit le discours [2].

Il est vrai qu'il faudroit que des personnes d'un goût et d'un discernement éprouvé choisissent les termes que nous devrions autoriser. Les mots latins paroîtroient les plus propres à être choisis : les sens en sont doux ; ils tiennent à d'autres mots qui ont déjà pris racine dans notre fonds ; l'oreille y est déjà accoutumée. Ils n'ont plus qu'un pas à faire pour entrer chez nous : il faudroit leur donner une agréable terminaison. Quand on abandonne au hasard, ou au vulgaire ignorant, ou à la mode des femmes, l'introduction des termes, il en vient plusieurs qui n'ont ni la clarté ni la douceur qu'il faudroit désirer.

J'avoue que si nous jetions à la hâte et sans choix [3] dans notre langue un grand nombre de mots étrangers, nous ferions du françois un amas grossier et informe des autres langues d'un génie tout différent. C'est ainsi que les aliments trop peu digérés, mettent, dans la masse du sang d'un homme, des parties hétérogènes qui l'altèrent au lieu de le conserver. Mais il faut se ressouvenir que nous sortons à peine d'une barbarie aussi ancienne que notre nation.

> . . . . Sed in longum tamen ævum
> Manserunt hodieque manent vestigia ruris.
> Serus enim Græcis admovit acumina chartis ;

[1] « Plus courte. » Fénelon insiste sur ce point. En effet, si on peut reprocher quelque chose au style si parfait du dix-septième siècle, c'est parfois un peu de longueur et d'embarras.

[2] « Toute circonlocution, etc. » Il semble que Fénelon prévoyait déjà l'abus énorme que le dix-huitième siècle allait faire de la périphrase, pour exprimer longuement des idées qui se pouvaient rendre par un seul mot. Voici quelques vers empruntés à une tragédie fort applaudie de Du Belloy, le *Siége de Calais* : ils nous semblent être le chef-d'œuvre du genre. Il s'agit de la famine qui dévore la ville de Calais :

> Le plus vil aliment, rebut de la misère,
> Mais aux derniers abois ressource horrible et chère,
> De la fidélité respectable soutien,
> Manque à l'or prodigué du riche citoyen.

Cette énigme, en quatre vers, signifie, selon Grimm, qu'il n'y a plus un chien à manger dans toute la ville.

[3] « J'avoue que si nous jetions, etc. » Cette réserve est fort sage, mais semble un peu en contradiction avec les hardiesses que nous avons remarquées plus haut.

Et, post Punica bella quietus, quærere cœpit
Quid Sophocles et Thespis et Æschylus utile ferrent [1].

On me dira peut-être que l'Académie n'a pas le pouvoir de faire un édit avec une affiche en faveur d'un terme nouveau ; le public pourroit se révolter [2]. Je n'ai pas oublié l'exemple de Tibère, maître redoutable de la vie des Romains ; il parut ridicule en affectant de se rendre le maître du terme de *monopolium* [3]. Mais je crois que le public ne manqueroit point de complaisance pour l'Académie, quand elle le ménageroit. Pourquoi ne viendrions-nous pas à bout de faire ce que les Anglois font tous les jours ?

Un terme nous manque, nous en sentons le besoin : choisissez un son doux et éloigné de toute équivoque, qui s'accommode à notre langue, et qui soit commode pour abréger le discours. Chacun en sent d'abord la commodité : quatre ou cinq personnes le hasardent modestement en conversation familière [4], d'autres le répètent par le goût de la nouveauté, le voilà à la mode. C'est ainsi qu'un sentier qu'on ouvre dans un champ devient bientôt le chemin le

----

[1] HORAT., II, *Ep.* 1, *v.* 159—163.
Notre rusticité céda bientôt aux grâces ;
Mais on pourrait encore en retrouver des traces ;
Car ce ne fut qu'au temps où les Carthaginois
Par nos armes vaincus fléchirent sous nos lois,
Que, des écrits des Grecs admirateur tranquille,
Le Romain lut les vers de Sophocle et d'Eschyle.   DARU.

[2] « Se révolter. » Auguste voulut créer quelques mots nouveaux, mais il ne réussit pas à les faire adopter. « Il m'est plus difficile de faire un mot qu'un consul, » disait-il avec dépit.

[3] *Monopolium.* « Quoique la langue grecque fût familière à Tibère et « qu'il la parlât facilement, il ne s'en servait pas volontiers en tous « lieux ; il s'en abstenait surtout dans le sénat, au point qu'ayant à « prononcer le mot de *monopole*, il commença par s'excuser d'em-« ployer un mot étranger. » SUÉTONE, Tib., 71.

[4] « En conversation familière. » Dans une lettre adressée à l'abbé de Beaumont, en 1714, Fénelon hasardait le mot *salébreux*, du latin *salebrosus*, âpre, raboteux : « Vous trouveriez des chemins salébreux et en-« nemis des roues. » Ce mot n'a pas fait fortune. Plusieurs des termes vraiment nécessaires, qui manquaient alors à la langue française, ont été introduits plus tard. Ils sont signalés comme autant de monstruosités scandaleuses par l'abbé Desfontaines, ennemi naturel de toute innovation : *agreste, bienfaisance* (mot inventé, dit-on, par le bon abbé de Saint-Pierre), *célérité, détresse, frivolité, insidieux, popularité,* etc. Quelques-uns de ces mots étaient déjà connus, mais ils étaient peu usités, où employés dans un autre sens. Le mot *civilisation* est assez récent. Enfin, *démagogue*, mot peu nécessaire sous Louis XIV, dit M. Villemain, fut hasardé par Bossuet.

plus battu, quand l'ancien chemin se trouve raboteux et moins court.

Il nous faudroit, outre les mots simples et nouveaux, des composés et des phrases où l'art de joindre les termes qu'on n'a pas coutume de mettre ensemble fît une nouveauté gracieuse.

> Dixeris egregie, notum si callida verbum
> Reddiderit junctúra novum [1].

C'est ainsi qu'on a dit *velivolum*[2] en un seul mot composé de deux ; et en deux mots mis l'un auprès de l'autre, *remigium alarum*[3], *lubricus adspici*[4]. Mais il faut en ce point être sobre et précautionné, *tenuis cautusque serendis*[5]. Les nations qui vivent sous un ciel tempéré goûtent moins que les peuples des pays chauds les métaphores dures et hardies.

Notre langue deviendroit bientôt abondante, si les personnes qui ont la plus grande réputation de politesse s'appliquoient à introduire les expressions ou simples ou figurées dont nous avons été privés jusqu'ici.

IV. Projet de Rhétorique.

Une excellente Rhétorique seroit bien au-dessus d'une Grammaire et de tous les travaux bornés à perfectionner une langue. Celui qui entreprendroit cet ouvrage y rassembleroit tous les plus beaux préceptes d'Aristote, de Cicéron, de Quintilien, de Lucien, de Longin, et des autres célèbres auteurs : leurs textes, qu'il citeroit, seroient les

[1] Horat., *de Art. poet.*, v. 47-48.
« On vous saura gré d'une liaison adroite, qui fera d'un vieux terme « une expression nouvelle. »
Ces vers d'Horace ont été quelquefois entendus dans un sens plus restreint ; on a cru que le poëte voulait parler de cette figure connue sous le nom d'*alliance de mots*. Elle consiste à joindre deux mots qui ne semblent pas faits pour se trouver ensemble ; ce qui produit quelquefois une concision piquante, ou du moins cette espèce de plaisir qui naît de l'imprévu. Citons un exemple : Balzac écrit à Conrart, qui appartenait à la religion réformée : « Vous ne penseriez pas que le nombre de « vos vertus fût complet, si vous n'y ajoutiez l'humilité, et vous me « voulez montrer qu'il y a des *capucins huguenots.* »— Il ne semble pas, si l'on en juge par les exemples que cite Fénelon, qu'il ait voulu parler d'un procédé de style contraire en général à la simplicité et au naturel.
[2] Virg., *Æneid.*, I, v. 224. *Mare velivolum,* la mer où l'on va à la voile.
[3] *Rames aériennes* (parlant des ailes d'Icare). Virg., *id.* VI, v. 19. — *Remigium alarum,* serait plutôt la figure connue sous le nom de *catachrèse.*
[4] Horat., I, od. 19, v. 8.
[5] Horat., *de Art. poet.* v. 46. Fénelon donne le texte après la traduction.

ornements du sien. En ne prenant que la fleur de la plus pure antiquité, il feroit un ouvrage court, exquis et délicieux.

Je suis très-éloigné de vouloir préférer en général le génie des anciens orateurs [1] à celui des modernes. Je suis très-persuadé de la vérité d'une comparaison qu'on a faite: c'est que, comme les arbres ont aujourd'hui la même forme et portent les mêmes fruits qu'ils portoient il y a deux mille ans, les hommes produisent les mêmes pensées [2]. Mais il y a deux choses que je prends la liberté de représenter. La première est que certains climats sont plus heureux que d'autres pour certains talents, comme pour certains fruits. Par exemple, le Languedoc et la Provence produisent des raisins et des figues d'un meilleur goût que la Normandie et que les Pays-Bas [3]. De même les Arcadiens étoient d'un naturel plus propre aux beaux-arts que les Scythes. Les Siciliens sont encore plus propres à la musique que les Lapons. On voit même que les Athéniens

[1] « Le génie. » Remarquez cette expression, Fénelon ne prétend pas que la nature soit moins féconde en excellents esprits au dix-septième siècle que dans les temps anciens ; mais le *génie* oratoire peut être développé ou étouffé par les institutions politiques. Dans l'ancienne monarchie, l'éloquence politique ne pouvait exister : l'éloquence judiciaire elle-même était resserrée dans d'étroites limites ; il lui était impossible de prétendre à ce développement immense que la liberté lui donnait chez les anciens. A Athènes et à Rome, les accusés étaient souvent des hommes d'Etat ; aux causes judiciaires se rattachaient alors des intérêts politiques; Démosthène se défendant contre Eschine, Cicéron plaidant contre Verrès, trouvaient dans la nature même des débats des ressources oratoires qui manquaient à Lemaître et à Patru. Mais nous avons un nouveau genre d'éloquence, né du christianisme, l'éloquence de la chaire, dont la gloire suffirait pour contre-balancer celle de la tribune antique et rétablir l'équilibre.

[2] « Comme les arbres ont aujourd'hui la même forme, etc. » C'est l'argument de Perrault, dans le *Parallèle des anciens et des modernes*. « La nature est immuable et toujours la même dans ses productions, et « comme elle donne tous les ans une certaine quantité d'excellents « vins, parmi un très-grand nombre de vins médiocres et de vins foi- « bles, elle forme aussi, dans tous les temps, un certain nombre d'ex- « cellents génies parmi la foule des esprits communs et ordinaires. » — *Produisent les mêmes pensées*, expression toute matérielle, ici parfaitement placée ; elle continue la comparaison.

[3] « Le Languedoc et la Provence, etc. » Voltaire exprime les mêmes idées dans un style moins sérieux : « La nature n'est point bizarre; mais il se pourrait qu'elle eût donné aux Athéniens un terrain et un ciel plus propre que la Westphalie et que le Limousin à former certains génies. Il se pourrait bien encore que le gouvernement d'Athènes, en secondant le climat, eût mis dans la tête de Démosthène quelque chose que l'air de Clamart et de la Grenouillère, et le gouvernement de Richelieu ne mirent point dans la tête d'Omer Talon et de Jérôme Bignon. »

avoient un esprit plus vif et plus subtil que les Béotiens.
La seconde chose que je remarque [1], c'est que les Grecs
avoient une espèce de longue tradition qui nous manque ;
ils avoient plus de culture pour l'éloquence que notre
nation n'en peut avoir. Chez les Grecs tout dépendoit du
peuple, et le peuple dépendoit de la parole. Dans leur
forme de gouvernement, la fortune, la réputation, l'autorité, étoient attachées à la persuasion de la multitude [2] ; le
peuple étoit entraîné par les rhéteurs artificieux et véhéments ; la parole étoit le grand ressort en paix et en
guerre : de là viennent tant de harangues qui sont rappor-
tées dans les histoires, et qui nous sont presque incroyables [3], tant elles sont loin de nos mœurs. On voit, dans Dio-
dore de Sicile [4], Nicias et Gylippe qui entraînent tour à tour
les Syracusains : l'un leur fait d'abord accorder la vie aux
prisonniers athéniens ; et l'autre, un moment après, les
détermine à faire mourir ces mêmes prisonniers.

La parole n'a aucun pouvoir semblable chez nous ; les
assemblées n'y sont que des cérémonies et des spectacles.
Il ne nous reste guère de monuments d'une forte éloquence,
ni de nos anciens parlements, ni de nos états généraux, ni
de nos assemblées de notables ; tout se décide en secret
dans le cabinet des princes, ou dans quelque négociation

---

[1] « La seconde chose, etc. » Cette seconde cause, que Fénelon indique ici un peu vaguement, c'est la liberté, source des grandes inspira-
tions.

Scribendi, quodcunque animo flagrante liberet,
Simplicitas? JUVÉNAL, S. IV. 152-153.

[2] « La persuasion de la multitude. » C'est cette toute-puissance de la
parole dans les anciennes républiques, qui explique et justifie les études
incroyables, les pratiques minutieuses auxquelles se soumettaient les
anciens pour parvenir à l'éloquence. Ils avaient même soin de s'entretenir dans l'habitude de la parole, en s'exerçant sans cesse sur des sujets fictifs ; c'était là ce qu'on appelait *declamare*. Et ces exercices n'é-
taient pas seulement l'occupation de la jeunesse ; on s'y adonnait même
dans l'âge viril, au milieu des embarras de la vie politique. « Auguste,
« nous dit Suétone, s'appliqua avec ardeur à l'étude de l'éloquence ; on dit
« que, pendant la guerre de Modène, et, malgré le nombre et l'importance
« des affaires qui l'accablaient, il déclamait encore tous les jours. »
Suétone nous dit la même chose de plusieurs empereurs, de Caligula,
par exemple, que son despotisme aurait pu dispenser de tant d'efforts
pour acquérir le talent de persuader ; les études oratoires étaient restées
une habitude après avoir cessé d'être un besoin.

[3] « Nous sont presque incroyables. » On ne dirait plus *incroyable à
quelqu'un*.

[4] Lib. XIV.

particulière : ainsi notre nation n'est point excitée à faire les mêmes efforts que les Grecs pour dominer par la parole. L'usage public de l'éloquence est maintenant presque borné aux prédicateurs et aux avocats.

Nos avocats n'ont pas autant d'ardeur pour gagner le procès de la rente d'un particulier, que les rhéteurs de la Grèce avoient d'ambition pour s'emparer de l'autorité suprême dans une république. Un avocat ne perd rien, et gagne même de l'argent [1], en perdant la cause qu'il plaide. Est-il jeune? il se hâte de plaider avec un peu d'élégance pour acquérir quelque réputation, et sans avoir jamais étudié ni le fond des lois ni les grands modèles de l'antiquité. A-t-il quelque réputation établie? il cesse de plaider, et se borne aux consultations, où il s'enrichit. Les avocats les plus estimables sont ceux qui exposent nettement les faits, qui remontent avec précision à un principe de droit, et qui répondent aux objections suivant ce principe. Mais où sont ceux qui possèdent le grand art d'enlever la persuasion, et de remuer les cœurs de tout un peuple [2]?

Oserai-je parler avec la même liberté sur les prédicateurs? Dieu sait combien je révère les ministres de la parole de Dieu; mais je ne blesse aucun d'entre eux personnellement, en remarquant en général qu'ils ne sont pas tous également humbles et détachés [3]. De jeunes gens [4] sans réputation se hâtent de prêcher : le public s'imagine voir qu'ils cherchent moins la gloire de Dieu que la leur, et qu'ils sont plus occupés de leur fortune que du salut des âmes [5]. Ils parlent en orateurs brillants plutôt qu'en mi-

---

[1] « Et gagne même de l'argent, etc. » On sait qu'à Rome les *avocats* n'étaient point payés : les orateurs prêtaient aux accusés l'appui de leur éloquence, et s'en faisaient simplement un moyen de popularité. D'Aguesseau (Disc. 3) s'élève avec force contre *ces âmes vénales qui ont fait de l'éloquence un art mercenaire*.

[2] « Remuer les cœurs de tout un peuple. » Ce *grand art* leur aurait été inutile sous l'ancienne monarchie.

[3] « Détachés, » désintéressés, sans aucune préoccupation de gloire ou de fortune.

[4] « De jeunes gens. » On dirait aujourd'hui *des jeunes gens : jeunes gens* est considéré comme un seul mot, et ces deux mots réunis se prennent substantivement. Le Dictionnaire de l'Académie donne l'exemple suivant : *C'étaient de jeunes fous, des jeunes gens.*

[5] « Que du salut des âmes. » Cette préoccupation des succès mondains, qui faisait de la parole chrétienne un instrument d'ambition, commençait à se rencontrer partout ; nous sommes au début du dix-huitième siècle ; cette corruption de l'éloquence de la chaire va s'étendre. « Cette éloquence qui avait eu si longtemps une si grande autorité

nistres de Jésus-Christ et en dispensateurs de ses mystères. Ce n'est point avec cette ostentation de paroles [1] que saint Pierre annonçoit Jésus crucifié dans ces sermons qui convertissoient tant de milliers d'hommes [2].

Veut-on apprendre de saint Augustin [3] les règles d'une éloquence sérieuse et efficace [4]? il distingue, après Cicéron, trois divers genres suivant lesquels on peut parler. Il faut, dit-il, parler d'une façon abaissée[5] et familière, pour instruire, *submisse*; il faut parler d'une façon douce, gracieuse et insinuante, pour faire aimer la vérité, *temperate*; il faut parler d'une façon grande et véhémente quand on a besoin d'entraîner les hommes et de les arracher à leurs passions, *granditer*. Il ajoute qu'on ne doit user des expressions qui plaisent, qu'à cause qu'il [6] y a peu d'hommes assez raisonnables pour goûter une vérité qui est sèche et nue dans un discours. Pour le genre sublime et véhément, il ne veut point qu'il soit fleuri : *Non tam verborum ornatibus comptum est, quam violentum animi affectibus.... Fertur quippe impetu suo, et elocutionis pulchritudinem, si occurrerit, vi rerum rapit, non cura decoris assumit* [7]. « Un

« morale, une domination naturelle et avouée sur les esprits, passe à
« des abbés qui veulent avoir des bénéfices, à des rhéteurs ingénieux,
« à des hommes de talent, mais qui n'ont pas ou n'osent avouer cette
« foi inexorable, si puissante pour la parole. » M. VILLEMAIN.

[1] « Ostentation de paroles. » « Le solide et l'admirable discours que
« celui qu'on vient d'entendre! Les points de religion les plus essen-
« tiels, comme les plus pressants motifs de conversion, y ont été traités ;
« quel grand effet n'a-t-il pas dû faire sur l'esprit et dans l'âme de
« tous les auditeurs! Les voilà rendus; ils en sont émus et touchés au
« point de résoudre dans leur cœur, sur ce sermon de Théodore, qu'il
« est encore plus beau que le dernier qu'il a prêché! » LA BRUYÈRE.

[2] « Tant de milliers d'hommes. » On sait le mépris de saint Paul *pour les persuasions du langage humain.*

[3] SAINT AUGUSTIN, né à Tagaste (auj. Tagelt), en Afrique, en 354, et mort à Hippone (auj. Bone), dont il était évêque.

[4] « Efficace, » qui produit son *effet* sur les âmes : cet adjectif se prenait souvent substantivement.

> Il est toujours tout juste et tout bon; mais sa grâce
> Ne descend pas toujours avec même efficace.
>
> P. CORNEILLE, *Polyeucte.*

[5] « Abaissée, » ne s'emploierait plus que dans un sens défavorable. Racine dit, en parlant de Corneille : « Capable de *s'abaisser* quand il veut, et de descendre jusqu'aux plus simples naïvetés du comique, où il est encore inimitable. »

[6] « A cause que, » tournure vieillie.

[7] « *De Doct. Christi, lib.* IV, 34. » — « Il n'a pas l'élégance que donne un style orné, il respire plutôt la véhémence des grandes passions...

« homme, dit encore ce Père, qui combat très-courageu-
« sement avec une épée enrichie d'or et de pierreries, se
« sert de ces armes parce qu'elles sont propres au combat,
« sans penser à leur prix. » Il ajoute que Dieu avoit permis que saint Cyprien eût mis des ornements affectés
dans sa lettre à Donat[1], « afin que la postérité pût voir com-
« bien la pureté de la doctrine chrétienne l'avoit corrigé
« de cet excès, et l'avoit ramené à une éloquence plus grave
« et plus modeste[2]. » Mais rien n'est plus touchant que les
deux histoires que saint Augustin nous raconte, pour nous
instruire de la manière de prêcher avec fruit.

Dans la première occasion il n'étoit encore que prêtre.
Le saint évêque Valère le faisoit parler pour corriger le
peuple d'Hippone de l'abus des festins trop libres dans
les solennités[3]. Il prit en main le livre des Écritures; il
y lut les reproches les plus véhéments. Il conjura ses
auditeurs, par les opprobres, par les douleurs de Jésus-
Christ, par sa croix, par son sang, de ne se perdre point
eux-mêmes[3], d'avoir pitié de celui qui leur parloit avec
tant d'affection, et de se souvenir du vénérable vieillard
Valère, qui l'avoit chargé, par tendresse pour eux, de
leur annoncer la vérité. « Ce ne fut point, dit-il, en
« pleurant sur eux que je les fis pleurer; mais pendant
« que je parlois, leurs larmes prévinrent les miennes.
« J'avoue que je ne pus point alors me retenir. Après
« que nous eûmes pleuré ensemble, je commençai à es-
« pérer fortement leur correction. » Dans la suite, il
abandonna le discours qu'il avoit préparé, parce qu'il ne
lui paroissoit plus convenable à la disposition des esprits.
Enfin il eut la consolation de voir ce peuple docile et
corrigé dès ce jour-là.

Voici l'autre occasion où ce Père enleva les cœurs[4].
Écoutons ses paroles[5] : « Il faut bien se garder de croire

C'est la pensée même qui lui communique son essor, et s'il rencontre
parfois l'élégance, c'est par la force même des choses qu'il l'entraîne
avec lui, sans la chercher jamais par un vain désir de briller. »

[1] « SAINT CYPRIEN, » évêque de Carthage, mort martyr en 258. —
« DONAT, » évêque de Carthage; saint Cyprien lui succéda.

[2] *De Doct. Christi*, *lib.* IV, n. 31,

[3] Ep. XXIX, *ad Alip.*

[4] « Enleva les cœurs. » Expression énergique : nous avons vu plus
haut une expression analogue, mais moins parfaite, parce qu'à un verbe
présentant une image vive et animée est joint un substantif abstrait :
enlever la persuasion.

[5] *De Doct. Christi*, *lib.* IV, n. 53.

« qu'un homme a parlé d'une façon grande et sublime,
« quand on lui a donné de fréquentes acclamations [1] et
« de grands applaudissements. Les jeux d'esprit du plus
« bas genre, et les ornements du genre tempéré, attirent
« de tels succès : mais le genre sublime accable souvent
« par son poids, et ôte même la parole ; il réduit aux
« larmes. Pendant que je tâchois de persuader au peuple
« de Césarée, en Mauritanie, qu'il devoit abolir un com-
« bat des citoyens...., où les parents, les frères, les pères
« et les enfants, divisés en deux partis, combattoient en
« public pendant plusieurs jours de suite, en un certain
« temps de l'année, et où chacun s'efforçoit de tuer celui
« qu'il attaquoit : je me servis, selon toute l'étendue de
« mes forces, des plus grandes expressions, pour déraciner
« des cœurs et des mœurs de ce peuple une coutume si
« cruelle et si invétérée. Je ne crus néanmoins avoir rien
« gagné, pendant que je n'entendis que leurs acclama-
« tions ; mais j'espérai quand je les vis pleurer. Les accla-
« mations montroient que je les avois instruits, et que
« mon discours leur faisoit plaisir ; mais leurs larmes
« marquèrent qu'ils étoient changés. Quand je les vis
« couler, je crus que cette horrible coutume, qu'ils avoient
« reçue de leurs ancêtres, et qui les tyrannisoit depuis si
« longtemps, seroit abolie..... Il y a déjà environ huit
« ans, ou même plus, que ce peuple, par la grâce de
« Jésus-Christ, n'a entrepris rien de semblable. »

Si saint Augustin eût affoibli son discours par les ornements affectés du genre fleuri [2], il ne seroit jamais parvenu à corriger les peuples d'Hippone et de Césarée [3].

Démosthène a suivi cette règle de la véritable éloquence. « O Athéniens, disoit-il [4], ne croyez pas que
« Philippe soit comme une divinité à laquelle la fortune
« soit attachée. Parmi les hommes qui paroissent dévoués

[1] « Donner des acclamations » ne se dirait plus aujourd'hui.
[2] « Le genre fleuri. » « Un discours fleuri est rempli de pensées plus
« agréables que fortes, d'images plus brillantes que sublimes, de termes
« plus recherchés qu'énergiques. Cette métaphore est justement prise
« des fleurs qui ont de l'éclat sans solidité. Le style fleuri ne messied
« pas dans ces harangues publiques qui ne sont que des compliments ;
« les beautés légères sont à leur place, quand on n'a rien de solide à
« dire ; mais le style fleuri doit être banni d'un plaidoyer, d'un sermon,
« de tout livre instructif. » VOLTAIRE.
[3] « Césarée, » auj. Cherchell, en Algérie.
« O Athéniens ! » Ire Philippique.

« à ses intérêts, il y en a qui le haïssent, qui le crai-
« gnent, qui en sont envieux..... Mais toutes ces choses
« demeurent comme ensevelies par votre lenteur et votre
« négligence..... Voyez, ô Athéniens, en quel état vous
« êtes réduits : ce méchant homme est parvenu jusqu'au
« point de ne vous laisser plus le choix entre la vigilance
« et l'inaction. Il vous menace ; il parle, dit-on, avec
« arrogance ; il ne peut plus se contenter de ce qu'il a
« conquis sur vous ; il étend de plus en plus chaque jour
« ses projets pour vous subjuguer ; il vous tend des
« piéges de tous les côtés, pendant que vous êtes sans
« cesse en arrière et sans mouvement. Quand est-ce donc,
« ô Athéniens, que vous ferez ce qu'il faut faire ? quand
« est-ce que nous verrons quelque chose de vous ? quand
« est-ce que la nécessité vous y déterminera ? Mais que
« faut-il croire de ce qui se fait actuellement ? Ma pensée
« est qu'il n'y a, pour des hommes libres, aucune plus
« pressante nécessité que celle qui résulte de la honte
« d'avoir mal conduit ses propres affaires. Voulez-vous
« achever de perdre votre temps ? Chacun ira-t-il encore
« çà et là dans la place publique, faisant cette question,
« *N'y a-t-il aucune nouvelle ?* Eh ! que peut-il y avoir de
« plus nouveau, que de voir un homme de Macédoine
« qui dompte les Athéniens et qui gouverne toute la
« Grèce ? Philippe est mort, dit quelqu'un. Non, dit un
« autre, il n'est que malade. Eh ! que vous importe,
« puisque, s'il n'étoit plus, vous vous feriez bientôt un
« autre Philippe ? »

Voilà le bon sens qui parle, sans autre ornement que
sa force. Il rend la vérité sensible à tout le peuple ; il le
réveille, il le pique, il lui montre l'abîme ouvert. Tout
est dit pour le salut commun ; aucun mot n'est pour l'o-
rateur[1]. Tout instruit et touche ; rien ne brille.

Il est vrai[2] que les Romains suivirent assez tard
l'exemple des Grecs pour cultiver les belles-lettres.

Graiis ingenium, Graiis dedit ore rotundo

---

[1] « Aucun mot n'est pour l'orateur. » « Démosthène n'a point de jolies
« pensées, quand il anime les Athéniens à la guerre ; s'il en avait, il
« serait un rhéteur, et il est un homme d'État. » VOLTAIRE.

[2] « Il est vrai. » Cette expression ne rattache guère ce qui suit aux
développements qui précèdent ; il manque ici une transition.

Musa loqui, pro... laudem nullius avaris.
Romani pueri longis rationibus assem [1] etc.

Les Romains étoient occupés des lois, de la guerre, de l'agriculture, et du commerce d'argent. C'est ce qui faisoit dire à Virgile :

Excudent alii spirantia mollius æra, etc.

. . . .

Tu regere imperio populos, Romane, memento [2];

Salluste fait un beau portrait des mœurs de l'ancienne Rome, en avouant qu'elle négligeoit les lettres :

Prudentissimus quisque negotiosus maxime erat. Ingenium nemo sine corpore exercebat. Optimus quisque facere quam dicere, sua ab aliis benefacta laudari quam ipse aliorum narrare malebat [3].

Il faut néanmoins avouer, suivant le rapport de Tite-Live, que l'éloquence nerveuse et populaire étoit déjà bien cultivée à Rome dès le temps de Manlius [4]. Cet homme, qui avoit sauvé le Capitole contre les Gaulois, vouloit soulever le peuple contre le gouvernement : *Quousque tandem, dit-il, ignorabitis vires vestras, quas na-*

---

[1] HORAT., *de Art. poet.*, v. 323—325.

> Muses au Grecs donnèrent le génie,
> Le doux parler, l'éloquente harmonie ;
> De la louange ils faisaient leur trésor.
> Notre jeunesse à d'autres goûts se livre :
> Le fils d'Albin ne sait pas lire encor ;
> Il connaît l'once, et le marc, et la livre,
> Et ce que vaut l'argent au denier dix.   M.-J. CHÉNIER.

— *Ore rotundo* nous rappelle ces vers d'André Chénier :

> Un langage sonore aux douceurs souveraines,
> Le plus beau qui soit né sur des lèvres humaines.

[2] *Æneid.*, VI, v. 846—850.

> D'autres plus mollement, sous le ciseau divin,
> Feront vivre le marbre et respirer l'airain ;

> . . . .

> Toi, Romain, souviens-toi d'asservir l'univers.   GASTON.

[3] *Bell. catil.*, 8 (édit. classiq. de M. Ozaneaux.) : « Les plus habiles étaient aussi les plus occupés : on n'exerçait point l'esprit sans le corps. Les bons citoyens préféraient les effets aux paroles, et aimaient mieux mériter des louanges par leurs belles actions, que de raconter celles des autres. »

[4] « Suivant le rapport de Tite-Live, etc. » Il faut remarquer ici avec quelle naïve confiance Fénelon cite ici ce discours, comme s'il avait été réellement prononcé. Les discours qu'on trouve dans Tite-Live étaient l'œuvre de l'historien.

tura ne belluas quidem ignorare voluit? Numerate saltem quot ipsi sitis... Tamen acrius crederem vos pro libertate quam illos pro dominatione certaturos... Quousque me circumspectabitis? Ego quidem nulli vestrum deero [1], *etc.* Ce puissant orateur enlevoit tout le peuple pour se procurer l'impunité, en tendant les mains vers le Capitole qu'il avoit sauvé autrefois. On ne put obtenir sa mort de la multitude, qu'en le menant dans un bois sacré d'où il ne pouvoit plus montrer le Capitole aux citoyens. *Apparuit tribunis,* dit Tite-Live, *nisi oculos quoque hominum liberassent ab tanti memoria decoris, nunquam fore, in præoccupatis beneficio animis, vero crimini locum... Ibi crimen valuit* [2], *etc.* Chacun sait combien l'éloquence des Gracques causa de troubles. Celle de Catilina mit la république dans le plus grand péril. Mais cette éloquence ne tendoit qu'à persuader, et à émouvoir les passions : le bel esprit [3] n'y étoit d'aucun usage. Un déclamateur fleuri n'auroit eu aucune force dans les affaires.

Rien n'est plus simple que Brutus, quand il se rend supérieur à Cicéron, jusqu'à le reprendre et à le confon-

---

[1] *Tit.-Liv., lib.* VI, c. 18. — « Jusques à quand méconnaîtrez-vous « donc votre force, tandis que la brute a l'instinct de la sienne? Ne « pouvez-vous du moins vous compter?... Je me persuaderais que, « combattant pour votre liberté, vous y mettriez un peu plus de courage « que ceux qui ne combattent que pour la tyrannie... Ne compterez- « vous jamais que sur moi seul? Assurément je ne manquerai à aucun « de vous. » Dureau de Lamalle.

[2] *Tit.-Liv., lib.* VI, c. 20. — « Les tribuns virent clairement que « tant que les yeux des Romains seraient captivés par la vue d'un mo- « nument qui retraçait des souvenirs si glorieux pour Manlius, la préoc- « cupation d'un si grand bienfait prévaudrait tonjours contre la con- « viction de son crime... Alors les inculpations restèrent dans toute « leur force. » Dureau de Lamalle.

[3] « Le bel esprit. » Il y avait fort peu de temps que cette expression était employée par quelques écrivains dans un sens défavorable.

> O vous donc qui, brûlant d'une ardeur périlleuse
> Courez du *bel esprit* la carrière épineuse, etc.   Boileau.

« Il n'y a que le *bel esprit* qui soit capable de ces chefs-d'œuvre ; « c'est lui proprement qui donne aux pièces excellentes ce tour qui « les distingue des pièces communes, et ce caractère de perfection, « qui fait qu'on y découvre toujours de nouvelles grâces. » (Le P. Bouhours, 4º Entretien). Cependant quelques *bons esprits* commençaient à se dégoûter du *bel esprit.* Furetière cite l'anecdote suivante : « Vous « êtes un *bel esprit,* disoit un provincial à M. Racine ; — *Bel esprit* « vous-même, répondit brusquement M. Racine, comme si on lui eût « dit une injure. »

dre[1] : « Vous demandez, lui dit-il, la vie à Octave : quelle
« mort seroit aussi funeste? Vous montrez, par cette de-
« mande, que la tyrannie n'est pas détruite, et qu'on n'a
« fait que changer de tyran. Reconnoissez vos paroles.
« Niez, si vous l'osez, que cette prière ne convient qu'à
« un roi à qui elle est faite par un homme réduit à la
« servitude. Vous dites que vous ne lui demandez qu'une
« seule grâce; savoir, qu'il veuille bien sauver la vie des
« citoyens qui ont l'estime des honnêtes gens et de tout le
« peuple romain. Quoi donc! à moins qu'il ne le veuille,
« nous ne serons plus? Mais il vaut mieux n'être plus que
« d'être par lui. Non, je ne crois point que tous les dieux
« soient déclarés contre le salut de Rome, jusqu'au point
« de vouloir qu'on demande à Octave la vie d'aucun ci-
« toyen, encore moins celle des libérateurs de l'univers...
« O Cicéron! vous avouez qu'Octave a un tel pouvoir, et
« vous êtes de ses amis! Mais, si vous m'aimez, pouvez-
« vous désirer de me voir à Rome lorsqu'il faudroit me
« recommander à cet enfant afin que j'eusse la permission
« d'y aller? Quel est donc celui que vous remerciez de ce
« qu'il souffre que je vive encore? Faut-il regarder comme
« un bonheur, de ce qu'on demande cette grâce à Octave
« plutôt qu'à Antoine?... C'est cette foiblesse et ce déses-
« poir, que les autres ont à se reprocher comme vous, qui
« ont inspiré à César l'ambition de se faire roi... Si nous
« nous souvenions que nous sommes Romains,... ils n'au-
« roient pas eu plus d'audace pour envahir la tyrannie,
« que nous de courage pour la repousser... O vengeur de
« tant de crimes, je crains que vous n'ayez fait que re-
« tarder un peu notre chute! Comment pouvez-vous voir
« ce que vous avez fait? etc. »

Combien ce discours seroit-il énervé, indécent[2] et avili,
si on y mettoit des pointes et des jeux d'esprit? Faut-il
que les hommes chargés de parler en apôtres recueillent
avec tant d'affectation les fleurs que Démosthène, Manlius
et Brutus ont foulées aux pieds? Faut-il croire que les
ministres évangéliques sont moins sérieusement touchés
du salut éternel des peuples, que Démosthène ne l'étoit de
la liberté de sa patrie, que Manlius n'avoit d'ambition pour

---

[1] *Apud. Cicer.*, *Epist. ad Brutum, Ep. XVI.*
[2] « Indécent, » déplacé, *quod non decet.*

séduire la multitude, que Brutus n'avoit de courage pour aimer mieux la mort qu'une vie due au tyran?

J'avoue que le genre fleuri a ses grâces ; mais elles sont déplacées dans les discours où il ne s'agit point d'un jeu d'esprit plein de délicatesse, et où les grandes passions doi-vent parler [1]. Le genre fleuri n'atteint jamais au sublime. Qu'est-ce que les Anciens auroient dit d'une tragédie où Hécube auroit déploré ses malheurs par des pointes [2]? La vraie douleur ne parle point ainsi. Que pourroit-on croire d'un prédicateur qui viendroit montrer aux pécheurs le jugement de Dieu pendant sur leur tête, et l'enfer ouvert sous leurs pieds, avec les jeux de mots les plus affectés [3]?

Il y a une bienséance à garder pour les paroles comme pour les habits. Une veuve désolée ne porte point le deuil avec beaucoup de broderie, de frisure et de rubans. Un missionnaire apostolique ne doit point faire de la parole de Dieu une parole vaine et pleine d'ornements affectés. Les Païens mêmes auroient été indignés de voir une comédie si mal jouée.

> Ut ridentibus arrident, ita flentibus adflent
> Humani vultus. Si vis me flere, dolendum est
> Primum ipsi tibi : tunc tua me infortunia lædent,
> Telephe vel Peleu ; male si mandata loqueris,
> Aut dormitabo, aut ridebo. Tristia mœstum
> Vultum verba decent [4] ; etc.

[1] « Doivent parler. » « Rien n'est plus opposé à la véritable élo-
« quence que l'emploi de ces pensées fines, et la recherche de ces idées
« légères, déliées, sans consistance, et qui, comme la feuille de métal
« battu, ne prennent de l'éclat qu'en perdant de la solidité. Ainsi, plus
« on mettra de cet esprit mince et brillant dans un écrit, moins il aura
« de nerf, de lumière, de chaleur et de style ; à moins que cet esprit
« ne soit lui-même le fond du sujet, et que l'écrivain n'ait pas eu
« d'autre objet que la plaisanterie : alors l'art de dire de petites choses
« devient peut-être plus difficile que l'art d'en dire de grandes. »
BUFFON, *Discours à l'Académie françoise.*

[2]   Que devant Troie en flamme Hécube désolée
Ne vienne pas pousser une plainte ampoulée,
Ni sans raison décrire en quels affreux pays
Par cent bouches l'Euxin reçoit le Tanaïs. BOILEAU.

[3] « Un prédicateur, etc. » « C'est avoir de l'esprit que de plaire au
« peuple dans un sermon par un style fleuri, une morale en-
« jouée, des figures réitérées, des traits brillants et de vives descrip-
« tions ; mais ce n'est point en avoir assez. Un meilleur esprit néglige
« ces ornements étrangers, indignes de servir à l'Evangile ; il prêche
« simplement, fortement, chrétiennement. » LA BRUYÈRE.

[4] HORAT., *de Art. poet., v.* 101—106.
    Des ris joyeux accueillent les rieurs ;

Il ne faut pas faire à l'éloquence [1] le tort de penser qu'elle n'est qu'un art frivole [2], dont un déclamateur se sert pour imposer à la foible imagination de la multitude et pour trafiquer de la parole [3] : c'est un art très-sérieux, qui est destiné à instruire, à réprimer les passions, à corriger les mœurs, à soutenir les lois, à diriger les délibérations publiques, à rendre les hommes bons et heureux [4]. Plus un déclamateur feroit d'efforts pour m'éblouir par les prestiges [5] de son discours, plus je me révolterois contre sa vanité : son empressement pour faire admirer son esprit me paroîtroit le rendre indigne de toute admiration. Je cherche un homme sérieux, qui me parle pour moi, et non pour lui ; qui veuille mon salut, et non sa vaine gloire. L'homme digne d'être écouté est celui qui ne se sert de la parole que pour la pensée [6], et de la pensée que pour la

> C'est en pleurant que l'on obtient des pleurs.
> S'il ne m'endort, Télèphe me fait rire,
> Quand il dit mal ce qu'il prétend me dire.
> Selon les mots, montrez-vous à nos yeux
> Calme, irrité, triste, gai, sérieux :
> A chaque état la nature prudente
> Secrètement fait disposer nos cœurs ;
> Elle nous pousse à la colère ardente,
> Elle nous plonge en de sombres humeurs. M. J.-CHÉNIER.

[1] « Il ne faut pas, etc. » Tout ce qui suit avait déjà été exprimé avec plus de développement dans les *Dialogues sur l'Eloquence.*

[2] « Un art frivole. » Comme l'a dit Montesquieu, dans un de ces accès de légèreté et de scepticisme auxquels son génie si grave s'abandonnait quelquefois : « Voilà les orateurs qui ont le talent de persuader « indépendamment des raisons. » — Il est vrai de dire qu'il traite la poésie encore plus mal que l'éloquence.

[3] « Trafiquer de la parole. »

> *Sollicitisque velim vendere verba reis.* MARTIAL.
>
> . . . . Debout dans un parquet
> A tort et à travers je vendrois mon caquet. RÉGNIER, *Sat.* III.

[4] « C'est un art très-sérieux, etc. » Il serait curieux de comparer ce passage si souvent cité avec le magnifique éloge que Cicéron fait de l'Eloquence, *De Oratore*, L. I, VIII. On verrait que Cicéron se préoccupe uniquement de la gloire et de l'autorité que la parole donne à l'orateur, tandis que Fénelon, se plaçant à un point de vue plus élevé, considère surtout l'effet moral et salutaire que l'éloquence peut avoir pour le salut des âmes et le bonheur des sociétés.

[5] « Prestige. » Ce mot, souvent mal employé, est ici le mot juste. *Prestige* signifie au propre, *illusion produite par quelque sortilége*, et au figuré, *tout ce qui peut éblouir et surprendre.*

[6] « Qui ne se sert de la parole que pour la pensée. » Principe aussi simple qu'il est fécond. Ainsi tout style qui n'est pas la reproduction exacte et rigoureuse de la pensée, qui dit plus ou qui dit moins, qui sacrifie le sens et la pensée à l'harmonie, à la symétrie, etc., est un style défec-

vérité et la vertu. Rien n'est plus méprisable qu'un parleur de métier [1], qui fait de ses paroles ce qu'un charlatan fait de ses remèdes.

Je prends pour juges de cette question les Païens mêmes. Platon ne permet, dans sa république, aucune musique avec les tons efféminés des Lydiens [2]; les Lacédémoniens excluoient de la leur tous les instruments trop composés qui pouvoient amollir les cœurs. L'harmonie qui ne va qu'à flatter [3] l'oreille n'est qu'un amusement de gens foibles et oisifs, elle est indigne d'une république bien policée : elle n'est bonne qu'autant que les sons y conviennent [4] au sens des paroles, et que les paroles y inspirent des sentiments vertueux. La peinture, la sculpture, et les autres beaux-arts, doivent avoir le même but. L'éloquence doit, sans doute, entrer dans le même dessein ; le plaisir n'y doit être mêlé que pour faire le contre-poids des mauvaises passions, et pour rendre la vertu aimable.

Je voudrois qu'un orateur se préparât longtemps en général pour acquérir un fonds de connoissances, et pour se rendre capable de faire de bons ouvrages [5]. Je voudrois que

tueux. Voilà un de ces principes sévères, que les grands écrivains savent seuls appliquer dans toute leur rigueur ; ce qui faisait dire à Vauvenargues : « Les grandes et les premières règles sont trop fortes pour « les écrivains médiocres, car elles les réduiraient à ne point écrire. »

[1] « Parleur. » Qui parle pour parler ; cette terminaison *eur* indique souvent une habitude blâmable ou ridicule, comme dans ces vers de Molière :

> C'est un *parleur* étrange, et qui trouve toujours
> L'art de ne vous rien dire avec de grands discours.
>
> . . . .
> Et je ne hais rien tant que les contorsions
> De tous ces grands *faiseurs* de protestations,
> Ces affables *donneurs* d'embrassades frivoles,
> Ces obligeants *diseurs* d'inutiles paroles, etc. *Le Misanthrope.*

« Platon dans sa république, etc. » (Livre III) « Nous avons déjà dit qu'il fallait bannir du discours les plaintes et les lamentations. — Cela est vrai. — Quelles sont donc les harmonies plaintives? dis-moi; car tu es musicien. — C'est la Lydienne mixte et l'aiguë, et quelques autres semblables. — Il faut par conséquent les retrancher, comme étant mauvaises, non-seulement aux hommes, mais à celles d'entre les femmes qui se piquent d'être sages et modérées. »(Trad. de M. Cousin.)

[3] « Qui ne va qu'à flatter, » qui n'a pour effet que de flatter.

[4] « Y conviennent, » s'accordent parfaitement avec le sens : le verbe *convenir* dans ce sens a un peu vieilli : il était alors très-usité. « L'avis de cet espion *convient à* (quadre avec) ce qu'on nous mande « d'ailleurs. » Tel est l'exemple que cite Furetière.

[5] « Je voudrois qu'un orateur se préparât longtemps, etc. » Voir le 3e *Dialogue sur l'Éloquence.*

cette préparation générale le mît en état de se préparer
moins pour chaque discours particulier. Je voudrois qu'il
fût naturellement très-sensé, et qu'il ramenât tout au bon
sens; qu'il fît de solides études; qu'il s'exerçât à raisonner
avec justesse et exactitude, se défiant de toute subtilité.
Je voudrois qu'il se défiât de son imagination, pour ne se
laisser jamais dominer par elle, et qu'il fondât chaque
discours sur un principe indubitable dont il tireroit les
conséquences naturelles.

> Scribendi recte, sapere est et principium et fons.
> Rem tibi Socraticæ poterunt ostendere chartæ;
> Verbaque provisam rem non invita sequentur.
> Qui didicit, patriæ quid debeat et quid amicis [1]; etc.

D'ordinaire, un déclamateur fleuri [2] ne connoît point
les principes d'une saine philosophie, ni ceux de la doctrine évangélique pour perfectionner les mœurs. Il ne
veut que des phrases brillantes et que des tours ingénieux.
Ce qui lui manque le plus est le fond des choses; il sait
parler avec grâce sans savoir ce qu'il faut dire; il énerve
les plus grandes vérités par un tour vain et trop orné.

Au contraire, le véritable orateur n'orne son discours
que de vérités lumineuses, que de sentiments nobles, que
d'expressions fortes, et proportionnées à ce qu'il tâche
d'inspirer; il pense, il sent, et la parole suit. « Il ne dé-
« pend point des paroles, dit saint Augustin [3], mais les pa-
« roles dépendent de lui. » Un homme qui a l'âme forte et
grande, avec quelque facilité naturelle de parler et un
grand exercice, ne doit jamais craindre que les termes lui
manquent; ses moindres discours auront des traits originaux, que les déclamateurs fleuris ne pourront jamais
imiter. Il n'est point esclave des mots, il va droit à la vé-

[1] HORAT., de Art. poet. v. 309—312.
> Le bien penser conduit au bien écrire;
> Puisque Socrate enseigne à bien penser,
> Suivez les lois qu'il a su nous prescrire,
> Sous votre main les mots vont se placer.
> De quel amour faut-il chérir son père,
> Et sa patrie, et son hôte, et son frère;
> Et ses amis? Jusqu'où va le devoir
> D'un chef prudent, d'un juge intègre et sage,
> D'un sénateur? Qui le sait, va savoir
> Le ton qui sied à chaque personnage.   M.-J. CHÉNIER

[2] « Déclamateur fleuri. » Voy. page 15 note 2.
[3] *De Doct. Christi*, lib. iv, n. 61.

rité, il sait que la passion est comme l'âme de la parole. Il remonte d'abord au premier principe sur la matière qu'il veut débrouiller; il met ce principe dans son premier point de vue; il le tourne et le retourne, pour y accoutumer ses auditeurs les moins pénétrants; il descend jusqu'aux dernières conséquences par un enchaînement court et sensible. Chaque vérité est mise en sa place par rapport au tout : elle prépare, elle amène, elle appuie une autre vérité qui a besoin de son secours. Cet arrangement sert à éviter les répétitions qu'on peut épargner au lecteur; mais il ne retranche aucune des répétitions par lesquelles il est essentiel de ramener souvent l'auditeur au point qui décide lui seul de tout.

Il faut lui montrer souvent la conclusion dans le principe. De ce principe, comme du centre, se répand la lumière sur toutes les parties de cet ouvrage; de même qu'un peintre place dans son tableau le jour, en sorte que d'un seul endroit il distribue à chaque objet son degré de lumière. Tout le discours est un [1]; il se réduit à une seule proposition mise au plus grand jour par des tours variés. Cette unité de dessein fait qu'on voit, d'un seul coup d'œil, l'ouvrage entier, comme on voit de la place publique d'une ville toutes les rues et toutes les portes quand toutes les rues sont droites, égales et en symétrie. Le discours est la proposition développée; la proposition est le discours en abrégé.

Denique sit quodvis simplex duntaxat et unum [2].

Quiconque ne sent pas la beauté et la force de cette

---

[1] « Tout le discours est un. » « Tout sujet est un , et quelque « vaste qu'il soit, il peut être renfermé dans un seul discours. » Buffon se sert, pour rendre cette idée plus frappante, d'une comparaison que lui fournissent ses études habituelles. « Pourquoi les ouvrages de la na- « ture sont-ils si parfaits? C'est que chaque ouvrage est un tout, et « qu'elle travaille sur un plan éternel dont elle ne s'écarte jamais; « elle prépare en silence le germe de ses productions; elle ébauche « par un acte unique la forme primitive de tout être vivant; elle la « développe, elle la perfectionne par un mouvement continu et dans « un temps prescrit. » Nous saisissons ici, dans le développement d'une même idée et dans le choix d'une comparaison destinée à l'éclaircir, la différence des deux grands écrivains; ici la splendeur de style et l'imagination solennelle de Buffon, là l'aimable simplicité de Fénelon.

[2] HORAT., *de Art. poet.*, v. 23.
      Il faut que tout ouvrage, à l'unité fidèle,
      De la simplicité nous offre le modèle.   DARU.

unité et de cet ordre, n'a encore rien vu au grand jour ;
il n'a vu que des ombres dans la caverne de Platon [1]. Que
diroit-on d'un architecte qui ne sentiroit aucune différence
entre un grand palais dont tous les bâtiments seroient pro-
portionnés pour former un tout dans le même dessein, et
un amas confus de petits édifices qui ne feroient point un
vrai tout, quoiqu'ils fussent les uns auprès des autres ?
Quelle comparaison entre le Colisée [2] et une multitude
confuse de maisons irrégulières d'une ville ? Un ouvrage
n'a une véritable unité que quand on ne peut rien en ôter
sans couper dans le vif.

Il n'a un véritable ordre que quand on ne peut en déplacer aucune partie sans affoiblir, sans obscurcir, sans
déranger le tout. C'est ce qu'Horace explique parfaitement :

> . . . . nec lucidus ordo.
> Ordinis hæc virtus erit et venus, aut ego fallor,
> Ut-jam nunc dicat jam nunc debentia dici,
> Pleraque differat, et præsens in tempus omittat [3].

Tout auteur qui ne donne point cet ordre à son discours
ne possède pas assez sa matière [4] ; il n'a qu'un goût imparfait et qu'un demi-génie. L'ordre est ce qu'il y a de
plus rare dans les opérations de l'esprit [5] : quand l'ordre,
la justesse, la force et la véhémence se trouvent réunis,

[1] « La caverne de Platon. » Allusion à une allégorie célèbre de la *République*. Platon suppose que des prisonniers sont enchaînés depuis leur naissance dans une caverne, la face tournée vers le fond ; la lumière projette
sur le fond de la caverne les ombres de ceux qui passent derrière les prisonniers : ces derniers n'aperçoivent que les ombres sans voir les corps
de ceux auxquels elles appartiennent, et sont ainsi forcés de regarder
ces vaines apparences comme des réalités, les seules qu'ils connaissent.

[2] Le Colisée est un immense et superbe amphithéâtre de Rome, bâti
par Vespasien, au pied du mont Cælius. Ce monument servait à donner
des combats de gladiateurs et des naumachies pour l'amusement du
peuple. Il est presque à moitié ruiné dans une partie de son périmètre,
et néanmoins c'est encore la ruine la plus imposante de Rome moderne. Il contenait 109,000 spectateurs.

[3] *De Art. poet.*, *v.* 41 *et seq.* — « Le mérite et la beauté d'une sage
ordonnance consistent, si je ne me trompe, à dire d'abord ce qui doit
d'abord être dit, à réserver les autres détails pour les mettre à leur place.»

[4] « Ne possède pas, etc. » « Pour bien écrire, il faut *posséder plei-
nement* son sujet, il faut y réfléchir assez pour voir clairement l'*ordre*
de ses pensées, et en former une suite, une chaîne continue, dont
chaque point représente une idée. » BUFFON.

[5] « L'ordre est ce qu'il y a de plus rare, etc. » Beaucoup d'esprits
excellents ont besoin des efforts les plus opiniâtres pour mettre dans
leurs pensées cet ordre rigoureux, dont ils sentent la nécessité. Rous-

le discours est parfait. Mais il faut avoir tout vu, tout pénétré et tout embrassé, pour savoir la place précise de chaque mot : c'est ce qu'un déclamateur, livré à son imagination et sans science, ne peut discerner.

Isocrate est doux, insinuant, plein d'élégance ; mais peut-on le comparer à Homère [1]? Allons plus loin : je ne crains pas de dire que Démosthène me paroît supérieur à Cicéron [2]. Je proteste que personne n'admire Cicéron plus que je fais : il embellit tout ce qu'il touche, il fait honneur à la parole, il fait des mots ce qu'un autre n'en sauroit faire ; il a je ne sais combien de sortes d'esprit ; il est même court et véhément toutes les fois qu'il veut l'être, contre Catilina, contre Verrès, contre Antoine. Mais on remarque quelque parure dans son discours : l'art y est merveilleux, mais on l'entrevoit : l'orateur, en pensant au salut de la république, ne s'oublie pas et ne se laisse pas oublier. Démosthène paroît sortir de soi [3], et ne

seau nous a laissé de précieuses confidences à ce sujet : « Mes idées
« s'arrangent dans ma tête avec la plus incroyable difficulté. Elles y
« circulent sourdement : elles y fermentent jusqu'à m'émouvoir, m'é-
« chauffer, me donner des palpitations ; et au milieu de toute cette
« émotion, je ne vois rien nettement ; je ne saurois écrire un seul mot,
« il faut que j'attende. Insensiblement ce grand mouvement s'apaise,
« ce chaos se débrouille ; chaque chose vient se mettre à sa place,
« mais lentement et après une longue et confuse agitation. . . De là
« vient l'extrême difficulté que je trouve à écrire. Mes manuscrits ra-
« turés, barbouillés, mêlés, indéchiffrables, attestent la peine qu'ils
« m'ont coûtée. Il n'y en a pas un qu'il ne m'ait fallu transcrire quatre
« ou cinq fois avant de le donner à la presse... Il y a telle de mes pé-
« riodes que j'ai tournée et retournée cinq ou six nuits dans ma tête,
« avant qu'elle fût en état d'être mise sur le papier, etc. »

[1] « A Homère? » Je ne pense pas que jamais homme de bon sens ait hasardé une aussi ridicule comparaison.

[2] « A Cicéron. » Fénelon avait déjà exprimé cette opinion dans un Dialogue où il fait parler Cicéron et Démosthène. *Cicéron :* « Mes pièces
« sont infiniment plus ornées que les tiennes ; elles marquent bien plus
« d'esprit, de tour, d'art, de facilité. Je fais paroître la même chose
« sous vingt manières différentes. On ne pouvoit s'empêcher, en enten-
« dant mes oraisons, d'admirer mon esprit, d'être continuellement sur-
« pris de mon art, etc. » — Démosthène lui répond : « Tu occupois
« l'assemblée de toi-même ; et moi je ne l'occupois que des affaires
« dont je parlois. On t'admiroit ; et moi j'étois oublié par mes auditeurs,
« qui ne voyoient que le parti que je voulois leur faire prendre. Tu
« réjouissois par les traits de ton esprit ; et moi, je frappois, j'abattois,
« j'atterrois par des coups de foudre. Tu faisois dire : Ah ! qu'il parle
« bien ! et moi je faisois dire : Allons ! marchons contre Philippe ! Etc. »

[3] « De soi. » Maintenant on dirait *de lui*. Ce n'était pas encore une faute contre la grammaire. « Il faut laisser Mélinde parler *de soi*. »

LA BRUYÈRE.

voir que la patrie. Il ne cherche point le beau, il le fait sans y penser; il est au-dessus de l'admiration. Il se sert de la parole comme un homme modeste de son habit pour se couvrir. Il tonne, il foudroie; c'est un torrent qui entraîne tout. On ne peut le critiquer parce qu'on est saisi; on pense aux choses qu'il dit, et non à ses paroles. On le perd de vue; on n'est occupé que de Philippe qui envahit tout. Je suis charmé de ces deux orateurs; mais j'avoue que je suis moins touché de l'art infini et de la magnifique éloquence de Cicéron, que de la rapide simplicité de Démosthène.

L'art se décrédite lui-même; il se trahit en se montrant. « Isocrate, dit Longin [1], est tombé dans une faute de « petit écolier... Et voici par où il débute : « *Puisque le* « *discours a naturellement la vertu de rendre les choses* « *grandes petites, et les petites grandes; qu'il sait donner* « *les grâces de la nouveauté aux choses les plus vieilles, et* « *qu'il fait paroître vieilles celles qui sont nouvellement* « *faites.* » Est-ce ainsi, dira quelqu'un, ô Isocrate, que vous « allez changer toutes choses à l'égard des Lacédémoniens « et des Athéniens? En faisant de cette sorte l'éloge du « discours, il fait proprement un exorde pour avertir ses « auditeurs de ne rien croire de ce qu'il va dire. » En effet, c'est déclarer au monde que les orateurs ne sont que des sophistes, tels que le Gorgias de Platon[2] et que les autres rhéteurs de la Grèce, qui abusoient de la parole pour imposer au peuple.

Si l'éloquence demande que l'orateur soit homme de bien [3], et cru tel, pour toutes les affaires les plus profanes, à combien plus forte raison doit-on croire ces paroles de saint Augustin sur les hommes qui ne doivent parler qu'en apôtres ! « Celui-là parle avec sublimité, dont la vie ne peut être exposée à aucun mépris [4]. » Que peut-on espérer des discours d'un jeune homme sans fonds d'étude, sans expérience, sans réputation acquise, qui se joue de la parole et qui veut peut-être faire fortune dans le ministère, où il

---

[1] *Subl.* ch. XXXI.

[2] « Le Gorgias de Platon. » Gorgias, sophiste célèbre, né à Leontini, est le principal personnage du dialogue qui porte son nom.

[3] « Homme de bien. » *Vir bonus dicendi peritus.* Définition donnée par Caton l'ancien. V. QUINT., *Instit. orat,* lib. XII, c. 1.

[4] « A aucun mépris. » Longin, dans le dernier chapitre de son Traité du Sublime, soutient qu'*un esclave ne peut être orateur.*

s'agit d'être pauvre avec Jésus-Christ, de porter la croix avec lui en se renonçant [1], et de vaincre les passions des hommes pour les convertir ?

Je ne puis me résoudre à finir cet article sans dire un mot de l'éloquence des Pères [2]. Certaines personnes éclairées ne leur font pas une exacte justice [3]. On en juge par quelque métaphore dure de Tertullien [4], par quelque période enflée de saint Cyprien, par quelque endroit obscur de saint Ambroise [5], par quelque antithèse subtile et rimée de saint Augustin, par quelques jeux de mots de saint Pierre Chrysologue [6]. Mais il faut avoir égard au goût dépravé des temps où les Pères ont vécu. Le goût commençoit à se gâter à Rome peu de temps après celui d'Auguste. Juvénal a moins de délicatesse qu'Horace ; Sénèque le tragique et Lucain ont une enflure choquante. Rome tomboit ; les études d'Athènes même étoient déchues quand saint Basile et saint Grégoire de Nazianze [7] y allèrent. Les raffinements d'esprit avoient prévalu. Les Pères, instruits par les mauvais rhéteurs de leurs temps, étoient entraînés dans le préjugé universel : c'est à quoi les sages mêmes ne résistent presque jamais. On ne croyoit pas qu'il fût permis de parler d'une façon simple et naturelle. Le monde étoit, pour la parole, dans l'état où il seroit pour les habits,

[1] « En se renonçant. » On diroit, *en renonçant à soi-même.*
[2] « Des Pères. » Voir le 5e *Dialogue sur l'Éloquence.*
[3] « Justice. » *Faire une exacte justice,* ne se diroit plus.
[4] TERTULLIEN, né à Carthage, au second siècle de l'Église. Bossuet l'a souvent imité en l'embellissant. Cette phrase de l'*Apologétique,* « apud « vos quodvis colore jus est, præter Deum verum, » contient le mot célèbre de Bossuet : *Tout était Dieu, excepté Dieu lui-même.* « Avouons « aux plus délicats, dit Balzac que le style de Tertullien est de fer, « mais qu'ils nous avouent aussi que de ce fer il a forgé d'excellentes « armes, qu'il en a défendu l'honneur et l'innocence du christia- « nisme, etc. » (*Lettres diverses.*)
[5] « SAINT AMBROISE, » né en Gaule, à Trèves ou à Lyon, archevêque de Milan sous Valentinien II, mort en 397.
[6] « PIERRE, » évêque de Ravenne en 433, mourut en 450 ou 456. Il reçut le nom de *Chrysologue* (au langage d'or), 280 ans après sa mort. Ce fut le rédacteur de ses ouvrages qui le lui donna par enthousiasme pour leur auteur, dont l'éloquence n'a pourtant rien d'extraordinaire.
[7] « SAINT BASILE, » né à Césarée, en Cappadoce, vers l'an 329, et mort en 379, évêque de sa ville natale. — SAINT GRÉGOIRE DE NAZIANZE, né l'an 328 à Arianze, petit bourg du territoire de Nazianze, en Cappadoce. Il fut tour à tour évêque de Sazime et de Constantinople, et se démit de l'épiscopat pour vivre dans la solitude, où il mourut en 389.

si personne n'osoit paroître vêtu d'une belle étoffe sans la charger de la plus épaisse broderie. Suivant cette mode, il ne falloit point parler, il falloit déclamer. Mais si on veut avoir la patience d'examiner les écrits des Pères, on y verra des choses d'un grand prix. Saint Cyprien a une magnanimité et une véhémence qui ressemble à celle de Démosthène. On trouve dans saint Chrysostôme [1] un jugement exquis, des images nobles, une morale sensible et aimable. Saint Augustin est tout ensemble sublime et populaire ; il remonte aux plus hauts principes par les tours les plus familiers ; il interroge, il se fait interroger, il répond ; c'est une conversation entre lui et son auditeur ; les comparaisons viennent à propos dissiper tous les doutes : nous l'avons vu descendre jusqu'aux dernières grossièretés de la populace pour la redresser. Saint Bernard [2] a été un prodige dans un siècle barbare : on trouve en lui de la délicatesse, de l'élévation, du tour, de la tendresse et de la véhémence. On est étonné de tout ce qu'il y a de beau et de grand dans les Pères, quand on connoît les siècles où ils ont écrit. On pardonne à Montaigne [3] des expressions gasconnes, et à Marot un vieux langage : pourquoi ne veut-on pas passer aux Pères l'enflure de leur temps, avec laquelle on trouveroit des vérités précieuses et exprimées par les traits les plus forts ?

Mais il ne m'appartient pas de faire ici l'ouvrage qui est réservé à quelque savante main ; il me suffit de proposer en gros ce qu'on peut attendre de l'auteur d'une excellente Rhétorique. Il peut embellir son ouvrage en imitant Cicé-

---

[1] Saint Jean Chrysostôme, né à Antioche, en 344. Il fut évêque de Constantinople. La sévérité de ses principes lui suscita beaucoup d'ennemis ; il fut chassé de son siége épiscopal et exilé en Bithynie. Il mourut en exil l'an 406. Son éloquence touchante et persuasive lui valut le surnom de Chrysostôme (bouche d'or).

[2] Saint Bernard, abbé de Clairvaux, né en 1091, mort en 1153, eut une influence immense sur son siècle, et fut, par ses prédications, le promoteur de la deuxième croisade contre les infidèles.

[3] Montaigne (*Michel de*), né en Périgord, en 1533, et mort en 1592. Il a laissé, sous le titre d'*Essais*, un livre dans lequel il a jeté pêlemêle le résultat de ses lectures et de ses réflexions. « Il vivoit sous le « règne des Valois, et de plus il étoit Gascon... Alors Malherbe n'étoit « pas encore venu *dégasconner* la cour (*la cour gasconne d'Henri IV*), « faire la leçon aux courtisans et aux princes, dire : « Cela est bon, et « cela ne l'est pas ; » il ne se parloit ni de Vaugelas, ni de l'Académie ; « et cette compagnie, qui juge souverainement des compositions fran- « çoises, étoit encore dans l'idée des choses. » Balzac.

ron par le mélange des exemples avec les préceptes. » Les
« hommes qui ont un génie pénétrant et rapide, dit saint
« Augustin, profitent plus facilement dans l'éloquence en
« lisant les discours des hommes éloquents, qu'en étudiant
« les préceptes mêmes de l'art. » On pourroit faire une
agréable peinture des divers caractères des orateurs, de
leurs mœurs, de leurs goûts et de leurs maximes. Il faudroit même les comparer ensemble, pour donner au lecteur
de quoi juger du degré d'excellence de chacun d'entre eux.

V. Projet de Poétique.

Une Poétique ne me paroîtroit pas moins à désirer qu'une
Rhétorique. La poésie est plus sérieuse et plus utile que le
vulgaire ne le croit. La religion a consacré la poésie à son
usage dès l'origine du genre humain. Avant que les hommes eussent un texte d'écriture divine, les sacrés cantiques
qu'ils savoient par cœur conservoient la mémoire de l'origine du monde, et la tradition des merveilles de Dieu.
Rien n'égale la magnificence et le transport [1] des cantiques
de Moïse [2]; le livre de Job est un poëme plein des figures
les plus hardies et les plus majestueuses ; le Cantique des
Cantiques exprime avec grâce et tendresse l'union mystérieuse de Dieu époux avec l'âme de l'homme qui devient
son épouse ; les Psaumes seront l'admiration et la consolation de tous les siècles et de tous les peuples où le vrai
Dieu sera connu et senti. Toute l'Écriture est pleine de
poésie, dans les endroits même où l'on ne trouve aucune
trace de versification.

D'ailleurs la poésie a donné au monde les premières
lois [3] : c'est elle qui a adouci les hommes farouches et sauvages, qui les a rassemblés des forêts où ils étoient épars
et errants, qui les a policés, qui a réglé les mœurs, qui a
formé les familles et les nations, qui a fait sentir les dou-
ceurs de la société, qui a rappelé [4] l'usage de la raison,

[1] « Le transport, » l'enthousiasme, le saint délire. Employée ainsi
absolument, cette expression est devenue rare ; elle est à regretter.

[2] « Des cantiques de Moïse. » Rollin (*Traité des Etudes*) a donné
une appréciation littéraire d'un cantique de Moïse.

[3] « D'ailleurs la poésie, etc. » Telle est l'opinion des poëtes. Cicéron,
en sa qualité d'orateur, attribue la fondation des sociétés à l'éloquence.

[4] « Qui a rappelé. » Qui a dissipé les erreurs auxquelles la raison humaine était en proie depuis qu'elle avait oublié la loi divine.

cultivé la vertu, et inventé les beaux-arts ; c'est elle qui a élevé les courages [1] pour la guerre, et qui les a modérés pour la paix.

> Silvestres homines sacer interpresque Deorum
> Cædibus et victu fœdo deterruit Orpheus ;
> Dictus ob hoc lenire tigres, rabidosque leones :
> Dictus et Amphion, Thebanæ conditor arcis,
> Saxa movere sono testudinis, et prece blanda
> Ducere quo vellet. Fuit hæc sapientia quondam, etc.
>
> . . . .
>
> Sic honor et nomen divinis vatibus atque
> Carminibus venit. Post hos insignis Homerus,
> Tyrtæusque mares animos in Martia bella
> Versibus exacuit [2].

La parole animée par les vives images, par les grandes figures, par le transport des passions et par le charme de l'harmonie, fut nommée le langage des dieux ; les peuples les plus barbares mêmes n'y ont pas été insensibles. Autant on doit mépriser les mauvais poëtes, autant doit-on admirer et chérir un grand poëte [3], qui ne fait point de la

---

[1] « Les courages. » Ce mot s'employait souvent au pluriel ; le prince de Condé *calma les courages émus.* (Bossuet.) Cette expression n'avait pas tout à fait un sens aussi restreint qu'aujourd'hui : elle signifiait souvent *cœur* ($\theta\nu\mu\grave{o}\varsigma$), disposition morale, résolution, etc.

> O la lâche personne! ô le foible courage.   MOLIÈRE.

> ..... Au moins que les travaux
> Les dangers, les soins du voyage
> Changent un peu votre *courage.*   LA FONTAINE.

[2] HORAT., *de Art. poet.*, v. 391 *et seq.*
> L'homme sauvage et longtemps indomptable
> Quitta ses bois, ses antres odieux,
> Aux chants d'Orphée interprète des dieux :
> De là ces chants, si l'on en croit la Fable,
> Apprivoisaient le tigre et le lion,
> Et d'une lyre éprouvant la puissance,
> Les rocs émus s'élevaient en cadence
> Sur les remparts que fondait Amphion,
> Dans l'art des vers fut la sagesse antique.
>
> . . . .
>
> Homère alors vint régner sur les âges,
> Tyrtée en vers enflamma les courages, etc. M. J. CHÉNIER.

[3] « Admirer et chérir un grand poëte. » Comme tout cela est vivement senti ! L'âme de Fénelon était ouverte à toutes les grandes choses et passionnée pour le beau comme pour le bien. Bossuet, plus rigide, a peine à *faire grâce* même aux poëtes chrétiens : « Je trouve un grand creux dans ces fictions de l'esprit humain et dans ces productions de sa vanité ; mais lorsqu'on est convenu de s'en servir comme d'un langage

poésie un jeu d'esprit pour s'attirer une vaine gloire, mais qui l'emploie à transporter les hommes en faveur de la sagesse, de la vertu et de la religion.

Me sera-t-il permis de représenter ici ma peine sur ce que la perfection de la versification françoise me paroît presque impossible? Ce qui me confirme dans cette pensée, est de voir que nos plus grands poëtes ont fait beaucoup de vers foibles. Personne n'en a fait de plus beaux que Malherbe; combien en a-t-il fait qui ne sont guère dignes de lui [1]! Ceux même d'entre nos poëtes les plus estimables qui ont eu le moins d'inégalité, en ont fait assez souvent de raboteux, d'obscurs et de languissants : ils ont voulu donner à leur pensée un tour délicat, et il la faut chercher; ils sont pleins d'épithètes forcées pour attraper la rime [2]. En retranchant certains vers, on ne retrancheroit aucune beauté : c'est ce qu'on remarqueroit sans peine, si on examinoit chacun de leurs vers en toute rigueur.

Notre versification perd plus, si je ne me trompe, qu'elle gagne par les rimes [3] : elle perd beaucoup de variété,

figuré, pour exprimer, d'une manière en quelque façon plus vive ce que l'on veut faire entendre, surtout aux personnes accoutumées à ce langage, on se sent forcé de *faire grâce* au poëte chrétien qui n'en use ainsi que par une espèce de nécessité. » (Lettre à Santeul, 1690). Bossuet ajoute dans la même lettre que depuis longtemps il a quitté la lecture de Virgile et d'Horace.

[1] « Qui ne sont guère dignes de lui. » S'il y a dans Malherbe tant de mauvais vers, il faut moins en accuser la versification française que Malherbe, ou plutôt le mauvais goût de son temps contre lequel il a lutté en y cédant quelquefois.

[2] « Pour attraper la rime. » Image familière et charmante : on sait que de son propre aveu Boileau *haletoit* souvent pour *l'attraper*, et dans sa Satire II il priait Molière de lui enseigner *où il trouvoit la rime.* On a dit avec quelque raison qu'il aurait mieux fait de lui demander où il trouvait le Misanthrope. — Quant à ces *épithètes forcées*, destinées *à attraper la rime*, les poëtes du dix-huitième siècle en ont poussé l'abus aussi loin qu'il était possible : Voltaire, si sobre d'épithètes dans sa prose vive et dégagée, les prodigue à la fin de ses vers tragiques :

> Est-ce là cette reine *auguste et malheureuse,*
> Celle de qui la gloire et l'infortune *affreuse*
> Retentit jusqu'à moi dans le fond des déserts. *Mérope.*

On sent combien ces épithètes insignifiantes et vagues sur lesquelles la rime appelle l'attention, rendent les vers mous et languissants. Au contraire Molière et Corneille riment presque toujours par quelque mot essentiel, et c'est là un des secrets de leur versification si énergique et si ferme.

[3] « Notre versification, etc. » Par quoi Fénelon veut-il remplacer la

de facilité et d'harmonie. Souvent la rime, qu'un poëte va chercher bien loin, le réduit à allonger et à faire languir son discours; il lui faut deux ou trois vers postiches pour en amener un dont il a besoin. On est scrupuleux pour n'employer que des rimes riches [1], et on ne l'est ni sur le fond des pensées et des sentiments, ni sur la clarté des termes, ni sur les tours naturels, ni sur la noblesse des expressions. La rime ne nous donne que l'uniformité des finales, qui est souvent ennuyeuse, et qu'on évite dans la prose, tant elle est loin de flatter l'oreille [2]. Cette répétition des syllabes finales lasse même dans les grands vers héroïques, où deux masculins sont toujours suivis de deux féminins.

Il est vrai qu'on trouve plus d'harmonie dans les odes et dans les stances, où les rimes entrelacées ont plus de cadence et de variété. Mais les grands vers héroïques, qui demanderoient le son le plus doux, le plus varié et le plus majestueux, sont souvent ceux qui ont le moins cette perfection.

Les vers irréguliers ont le même entrelacement de rimes que les odes; de plus, leur inégalité, sans règle uniforme, donne la liberté de varier leur mesure et leur cadence, suivant qu'on veut s'élever ou se rabaisser. M. de La Fontaine en a fait un très-bon usage.

---

rime? Il sentait pourtant aussi bien qu'un autre ce que gagnait *la sentence pressée aux pieds nombreux de la poésie* (Montaigne); et que deviennent ce nombre et cette harmonie sans la rime? Est-il permis de faire remarquer que Fénelon, qui semble dans son *Télémaque* avoir tenté d'être poëte en prose, a pu avoir contre la versification quelques préventions personnelles?

[1] « On est scrupuleux, etc. » Cela n'est vrai que des mauvais poëtes. La Motte, qui fut en correspondance avec Fénelon, renchérit encore sur ces idées. Après avoir fait longtemps de méchants vers, il s'avisa de médire de la versification. Voltaire réfute spirituellement ces paradoxes dans la préface de son *OEdipe*. Consultez encore sur cette question Marmontel, *Éléments de littérature*, au mot *Rime*.

[2] « De flatter l'oreille. » Il n'en est pas moins vrai qu'elle est un charme de plus dans les vers. On a cherché à expliquer de bien des façons le plaisir qu'elle nous cause, mais ce plaisir on ne l'a jamais nié. On évite aussi, dans la prose, une suite de syllabes combinées de façon à former un vers : en doit-on conclure que la mesure du vers *soit loin de flatter l'oreille?* — On ne comprend pas qu'après avoir écrit cette phrase, Fénelon ajoute plus loin: *Je n'ai garde néanmoins de vouloir abolir les rimes.* Pourquoi cette indulgence s'il est vrai que la rime *soit loin de flatter l'oreille?* C'est une singulière inconséquence.

Je n'ai garde néanmoins de vouloir abolir les rimes; sans elles notre versification tomberoit. Nous n'avons point dans notre langue cette diversité de brèves et de longues, qui faisoit dans le grec et dans le latin la règle des pieds et la mesure des vers. Mais je croirois qu'il seroit à propos de mettre nos poëtes un peu plus au large sur les rimes [1], pour leur donner le moyen d'être plus exacts sur le sens et sur l'harmonie. En relâchant un peu sur la rime, on rendroit la raison plus parfaite; on viseroit avec plus de facilité au beau, au grand [2], au simple, au facile; on épargneroit aux plus grands poëtes des tours forcés, des épithètes cousues, des pensées qui ne se présentent pas d'abord assez clairement à l'esprit.

L'exemple des Grecs et des Latins peut nous encourager à prendre cette liberté : leur versification étoit, sans comparaison, moins gênante que la nôtre [3]; la rime est plus difficile elle seule que toutes leurs règles ensemble. Les Grecs avoient néanmoins recours aux divers dialectes [4] :

[1] « Mais je croirois qu'il seroit à propos, etc. » Cette conclusion peut paraître un peu timide après les hardiesses que nous avons signalées tout à l'heure. Les poëtes du dix-huitième siècle se sont mis *un peu plus au large* sur les rimes ; aussi le vers a-t-il perdu une partie de son harmonie. C'est ce qu'il est souvent aisé de remarquer chez Voltaire ; le satirique Gilbert critique avec quelque raison :

> . . . . . Ses vers tournés sans art,
> D'une moitié de rime habillés au hasard.

[2] « Au beau et au grand. » Cela n'est pas incontestable. La gêne de la versification donne plus d'essor à la pensée; c'est ce que La Fare a poétiquement exprimé dans cette strophe souvent citée :

> De la contrainte rigoureuse
> Où l'esprit semble resserré,
> Il reçoit cette force heureuse
> Qui l'élève au plus haut degré.
> Telle dans les canaux pressée,
> Avec plus de force élancée,
> L'onde s'élève dans les airs ;
> Et la règle, qui semble austère,
> N'est qu'un art plus certain de plaire,
> Inséparable des beaux vers.

Souvent la contrainte de la rime a fait rencontrer à nos grands poëtes des vers très-heureux. V. Marmontel, *Elém. de Litt.*, au mot *Blanc (vers)*.

[3] « Moins gênante. » Cela n'est pas prouvé : les bons vers sont difficiles à faire dans toutes les langues. On sait que Virgile travaillait très-lentement ; il mit onze années à composer l'*Enéide*, qu'il laissa inachevée. Dans le même espace de temps, Racine composa *Andromaque, Les Plaideurs, Britannicus, Bajazet, Mithridate, Bérénice, Iphigénie, Phèdre.*

[4] « Les Grecs avoient recours, etc. » Cela est inexact : au temps

de plus, les uns et les autres avoient des syllabes superflues[1] qu'ils ajoutoient librement pour remplir leurs vers. Horace se donne de grandes commodités pour la versification[2] dans ses Satires, dans ses Épîtres, et même en quelques Odes : pourquoi ne chercherions-nous pas de semblables soulagements, nous dont la versification est si gênante[3] et si capable d'amortir le feu d'un bon poëte[4]?

La sévérité de notre langue contre presque toutes les inversions de phrases augmente encore infiniment la difficulté de faire des vers françois. On s'est mis à pure perte dans une espèce de torture pour faire un ouvrage. Nous serions tentés de croire qu'on a cherché le difficile plutôt

---

d'Homère, les dialectes n'étaient pas encore séparés. Mais Sophocle, Eschyle et Euripide écrivaient dans le dialecte attique, Théocrite, dans le dialecte dorien, etc.

[1] « Des syllabes superflues. » On ne voit pas trop quel avantage Fénelon trouve dans cette licence, en supposant que ces *syllabes* soient aussi *superflues* qu'il le pense, et qu'on ne puisse prouver qu'elles ajoutent au sens des vers.

[2] « Horace se donne de grandes commodités. » Au lieu de demander tant de licences pour la rime, Fénelon aurait peut-être dû réclamer plus de liberté pour les césures, les coupes, les rejets, pour tout ce qui, sans rompre l'harmonie, peut donner au vers dramatique plus d'aisance, de familiarité, de simplicité. Mais, bien loin de là, on a vu plus haut qu'il ne trouvait pas le grand vers assez *majestueux*.

[3] « Si gênante. » Tout ce que Fénelon dit ici de la rime est sans doute excessif et faux en bien des points; mais on conçoit cette exagération, quand on voit Malherbe et son école imposer à la versification des entraves vraiment intolérables. Malherbe ne voulait pas, par exemple, qu'on fît rimer deux mots d'orthographe différente, lors même que les sons étaient tout à fait semblables; il n'admettait pas les rimes de *puissance* et *innocence, âme* et *flamme,* etc. — Il disait que *rien ne sentait davantage son grand poëte que de tenter des rimes difficiles.* Mlle de Gournay lui répondit avec vivacité, en demandant pour la poésie un peu plus d'aisance et de franchise : « Comment seroit-il possible que la poésie volât au ciel, son but, avec telle rognure d'ailes, et qui plus est, écloppement et brisement? »

[4] « Le feu d'un bon poëte. » Aucun bon poëte n'a réclamé cependant contre la rime, si ce n'est Voltaire, et encore fort timidement. En revanche, le froid La Motte s'éleva contre la gêne de la versification, craignant sans doute que son *feu* n'en *fût amorti.* L'auteur du *Temple du Goût* a dit de lui :

> Parmi les flots de la foule insensée,
> De ce parvis obstinément chassée,
> Tout doucement venait La Motte Houdard :
> Lequel disait d'un ton de papelard :
> « Ouvrez, messieurs, c'est mon OEdipe en prose;
> Mes vers sont durs, d'accord, mais forts de chose;
> De grâce ouvrez; je veux à Despréaux
> Contre les vers dire avec goût deux mots. »   VOLTAIRE.

que le beau. Chez nous un poëte a autant besoin de penser à l'arrangement d'une syllabe qu'aux plus grands sentiments, qu'aux plus vives peintures, qu'aux traits les plus hardis. Au contraire, les Anciens facilitoient, par des inversions fréquentes, les belles cadences [1], la variété, et les expressions passionnées. Les inversions se tournoient en grande figure, et tenoient l'esprit suspendu dans l'attente du merveilleux. C'est ce qu'on voit dans ce commencement d'églogue :

> Pastorum musam Damonis et Alphesibæi,
> Immemor herbarum quos est mirata juvenca
> Certantes, quorum stupefactæ carmine lynces,
> Et mutata suos requierunt flumina cursus,
> Damonis musam dicemus et Alphesibœi [2].

Otez cette inversion, et mettez ces paroles dans un arrangement de grammairien qui suit la construction de la phrase, vous leur ôterez leur mouvement, leur majesté, leur grâce et leur harmonie : c'est cette suspension qui saisit le lecteur. Combien notre langue est-elle timide et scrupuleuse en comparaison ! Oserions-nous imiter ce vers, où tous les mots sont dérangés ?

> Aret ager; vitio moriens sitit aeris herba [3];

Quand Horace veut préparer son lecteur à quelque grand objet, il le mène sans lui montrer où il va et sans le laisser respirer :

> Qualem ministrum fulminis alitem [4].

---

[1] «Facilitoient, par des inversions, etc.» Les inversions étaient dans le génie des langues anciennes ; elles ne jetaient aucune obscurité dans la phrase ; les différences des cas indiquaient suffisamment les rapports des mots entre eux. Les désinences ne variant pas en français, des inversions trop multipliées rendraient nos vers inintelligibles. Elles peuvent quelquefois être une beauté : mais souvent elles n'ont d'autre résultat que d'avertir le lecteur de la gêne qu'a éprouvée le poëte pour faire son vers.

[2] VIRG., *Eclog.* VIII, *v. 1 et seq.* — *Pastorum musam.* Il est impossible de reproduire en français cette inversion. Voici le sens : « Je redirai les vers de Damon et d'Alphésibée : pour écouter leurs chants, la génisse oublia ses pâturages, aux accents de leur voix les lynx s'arrêtèrent immobiles, et les fleuves émus suspendirent leur cours. »

[3] VIRG., *Eclog.* VII, *v. 57.* — *Aret ager.* Ce vers n'est-il pas un peu embarrassé ?

> Dans nos champs dévorés de soif et de chaleur,
> En vain l'herbe mourante implore la fraîcheur.   TISSOT.

[4] HORAT., *lib.* IV, *Od.* III, *v. 1.*

> Tel que le noble oiseau, ministre du tonnerre. . PARU.

J'avoue qu'il ne faut point introduire tout à coup dans notre langue un grand nombre de ces inversions; on n'y est point accoutumé, elles paroîtroient dures et pleines d'obscurité. L'ode pindarique de M. Despréaux [1] n'est pas exempte, ce me semble, de cette imperfection. Je le remarque avec d'autant plus de liberté, que j'admire d'ailleurs les ouvrages de ce grand poëte. Il faudroit choisir de proche en proche les inversions les plus douces et les plus voisines de celles que notre langue permet déjà. Par exemple, toute notre nation a approuvé celle-ci :

> Là se perdent ces noms de maîtres de la terre,
>
> . . . .
>
> Et tombent avec eux d'une chute commune
> Tous ceux que leur fortune
> Faisoit leurs serviteurs [2].

Ronsard avoit trop entrepris tout à coup [3]. Il avoit forcé notre langue par des inversions trop hardies et obscures [4]; c'étoit un langage cru [5] et informe. Il y ajoutoit trop de mots composés, qui n'étoient point encore introduits dans le commerce de la nation : il parloit françois en grec [6],

---

[1] « L'ode pindarique de M. Despréaux. » L'ode sur la prise de Namur. Fénelon est bien indulgent pour cette ode, qui est la faiblesse même : cette *imperfection* est le moindre défaut de cette ode prétendue *pindarique*.

[2] MALHERBE, *Paraph. du Ps.* CXLV. — Fénelon aurait pu citer encore, comme modèle d'inversion, ce vers de Racine (*Athalie*) :

> Et de David éteint rallumé le flambeau.

Ici l'inversion sert la pensée encore plus qu'elle n'aide à la versification : *Le flambeau de David*, cette image si hardie aurait choqué, si elle n'avait été préparée et adoucie par l'inversion. On peut voir, par cet exemple, combien est fausse l'idée de Voltaire, qui pense que le meilleur moyen pour éprouver si un vers est bon, c'est de le mettre en prose.

[3] RONSARD (*Pierre de*), poëte français, né dans le Vendômois en 1524, et mort en 1585, fut appelé le *prince des poëtes* de son temps. Il tenta d'introduire dans la langue une foule de mots formés du grec, du latin, innovation qui n'a point prévalu, et rend très-difficile la lecture de ses ouvrages.

[4] « Des inversions trop hardies et obscures. » Exemple :

> J'ai vescu, Villeroy, si bien, que nulle envie
> En partant je ne porte aux plaisirs de la vie.   (*Amours diverses.*)

[5] « Un langage cru. » Qui n'est pas encore formé, imparfait; métaphore latine. C'est à peu près dans ce sens que Pétrone a dit : *Cruda adhuc studia in forum propellunt, et eloquentiam pueris induunt adhuc nascentibus.*

[6] « Il parloit françois en grec. » Il serait plus régulier de dire, comme Boileau, *il parloit grec en françois.*

malgré les François mêmes. Il n'avoit pas tort, ce me semble, de tenter quelque nouvelle route pour enrichir notre langue, pour enhardir notre poésie, et pour dénouer notre versification [1] naissante. Mais, en fait de langue, on ne vient à bout de rien sans l'aveu des hommes pour lesquels on parle. On ne doit jamais faire deux pas à la fois; et il faut s'arrêter dès qu'on ne se voit pas suivi de la multitude. La singularité est dangereuse en tout : elle ne peut être excusée dans les choses qui ne dépendent que de l'usage.

L'excès choquant de Ronsard nous a un peu jetés dans l'extrémité opposée : on a appauvri, desséché et gêné notre langue. Elle n'ose jamais procéder que suivant la méthode la plus scrupuleuse et la plus uniforme de la grammaire : on voit toujours venir d'abord un nominatif substantif qui mène son adjectif comme par la main [2]; son verbe ne manque pas de marcher derrière, suivi d'un adverbe qui ne souffre rien entre deux; et le régime appelle aussitôt un accusatif, qui ne peut jamais se déplacer. C'est ce qui exclut toute suspension de l'esprit, toute attention, toute surprise, toute variété, et souvent toute magnifique cadence.

Je conviens, d'un autre côté, qu'on ne doit jamais hasarder aucune locution ambiguë; j'irois même d'ordinaire, avec Quintilien [3], jusqu'à éviter toute phrase que le lec-

---

[1] « Dénouer notre versification. » Donner à la versification plus d'aisance, une allure plus libre et plus dégagée.

[2] « On voit toujours venir, etc. » Cette critique est plus spirituelle que juste ; les langues, pas plus que les hommes, ne peuvent réunir des qualités contraires. La langue française n'ayant pas la liberté d'allure des langues anciennes, est peut-être moins propre à rendre le désordre des passions, les caprices de l'imagination ; mais elle doit à cet ordre si sévère cette clarté admirable qui l'a fait choisir pour la langue de la diplomatie. D'ailleurs les habiles écrivains, en prose comme en vers, savent au besoin s'affranchir de ces règles de construction si rigoureuses; on peut en juger par ces exemples :

> Tombe sur moi le ciel, pourvu que je me venge ! P. CORNEILLE.

« Aussi vifs étoient les regards, aussi vite et impétueuse étoit l'attaque, aussi fortes et inévitables étoient les mains du prince de Condé. »
BOSSUET.

« Déjà frémissoit dans son camp l'ennemi confus et déconcerté. Déjà prenoit l'essor pour se sauver dans les montagnes cet aigle dont le vol hardi avoit d'abord effrayé nos provinces. »
FLÉCHIER, *Or. funèb. de Turenne.*

[3] « Avec Quintilien. » *Instit. orat.* VIII, c. 2.

teur entend, mais qu'il pourroit ne pas entendre s'il ne suppléoit pas ce qui y manque. Il faut une diction simple, précise et dégagée, où tout se développe de soi-même et aille au-devant du lecteur. Quand un auteur parle au public, il n'y a aucune peine qu'il ne doive prendre pour en épargner à son lecteur; il faut que tout le travail soit pour lui seul, et tout le plaisir avec tout le fruit pour celui dont il veut être lu. Un auteur ne doit laisser rien à chercher dans sa pensée[1]; il n'y a que les faiseurs d'énigmes qui soient en droit de présenter un sens enveloppé[2]. Auguste vouloit qu'on usât de répétitions fréquentes, plutôt que de laisser quelque péril d'obscurité dans le discours[3]. En effet, le premier de tous les devoirs d'un homme qui n'écrit que pour être entendu, est de soulager son lecteur en se faisant d'abord entendre[4].

J'avoue que nos plus grands poëtes françois, gênés par les lois rigoureuses de notre versification, manquent en quelques endroits de ce degré de clarté parfaite. Un homme qui pense beaucoup veut beaucoup dire; il ne peut se résoudre à rien perdre; il sent le prix de tout ce qu'il a trouvé; il fait de grands efforts pour renfermer tout dans les bornes étroites d'un vers. On veut même trop de délicatesse, elle dégénère en subtilité. On veut trop éblouir et surprendre : on veut avoir plus d'esprit que son lecteur,

---

[1] « Laisser rien *à chercher dans sa pensée.* » Sénèque (*Ep.* 114). *Abruptæ sententiæ et suspiciosæ, in quibus plus intelligendum est quam audiendum.* Mais ces phrases énigmatiques que Sénèque blâme dans ce passage, se rencontrent chez lui plus que chez tout autre écrivain.

[2] « Enveloppé. » *Déguisé, qu'il faut deviner.* Voltaire a dit, dans son *OEdipe,* en parlant des énigmes proposées par le sphinx :

> Un sens *embarrassé* dans des mots captieux.

[3] « Auguste vouloit, etc. » *Præcipuam curam duxit, sensum animi quam apertissime exprimere : quod quo facilius efficeret, aut necubi lectorem vel auditorem obturbaret ac moraretur, neque præpositiones verbis addere, neque conjunctiones sæpius iterare dubitavit, quæ detractæ afferunt aliquid obscuritatis, etsi gratiam augent.* SUÉTONE, Aug. 86. — « Quand dans un discours on trouve des mots répétés, et « qu'essayant de les corriger, on les trouve si propres qu'on gâteroit le « discours, il faut les laisser. » PASCAL, *Pensées.*

[4] « Le premier de tous les devoirs, etc. » C'était là ce qu'au dix-septième siècle on se proposait d'abord, quand on prenait la plume. *Se faire entendre!* prétention bien modeste; c'est de ce ton réservé que ces grands hommes parlaient des devoirs de l'écrivain : « Tout ce qui n'est point l'expression juste est foible, dit La Bruyère, et ne satisfait pas un homme d'esprit, qui veut se *faire entendre.* »

et le lui faire sentir, pour lui enlever son admiration[1] ; au lieu qu'il faudroit n'en avoir jamais plus que lui, et lui en donner même, sans paroître en avoir. On ne se contente pas de la simple raison, des grâces naïves, du sentiment le plus vif, qui font la perfection réelle; on va un peu au delà du but par amour-propre[2]. On ne sait pas être sobre dans la recherche du beau : on ignore l'art de s'arrêter tout court en deçà des ornements ambitieux. Le mieux auquel on aspire fait qu'on gâte le bien, dit un proverbe italien. On tombe dans le défaut de répandre un peu trop de sel, et de vouloir donner un goût trop relevé à ce qu'on assaisonne; on fait comme ceux qui chargent une étoffe de trop de broderie. Le goût exquis craint le trop en tout, sans en excepter l'esprit même. L'esprit lasse beaucoup, dès qu'on l'affecte et qu'on le prodigue. C'est en avoir de reste, que d'en savoir retrancher pour s'accommoder à celui de la multitude, et pour lui aplanir le chemin. Les poëtes qui ont le plus d'essor, de génie, d'étendue de pensées et de fécondité, sont ceux qui doivent le plus craindre cet écueil de l'excès d'esprit. C'est, dira-t-on; un beau défaut, c'est un défaut rare, c'est un défaut merveilleux. J'en conviens; mais c'est un vrai défaut, et l'un des plus difficiles à corriger. Horace veut qu'un auteur s'exécute sans indulgence sur l'esprit même :

> Vir bonus et prudens versus reprehendet inertes ;
> Culpabit duros ; incomptis allinet atrum
> Transverso calamo signum ; ambitiosa recidet
> Ornamenta : parum claris lucem dare coget [3];

On gagne beaucoup en perdant tous les ornements superflus pour se borner aux beautés simples, faciles, claires, et négligées en apparence. Pour la poésie, comme pour

---

[1] « Lui enlever son admiration. » Voilà plusieurs fois que Fénelon se sert de cette expression, ou d'une expression analogue : on vient de voir qu'il ne condamnait pas les répétitions dans le style.

[2] « Par amour-propre. » Voltaire a loué avec raison Racine de n'être pas tombé dans cette erreur : « Racine ne dit jamais que ce qu'il doit « tandis que les autres disent toujours tout ce qu'ils peuvent. »

[3] *De Art. poet.*, v. 445 *et seq.*

> . . . . Le rigide censeur
> Efface les endroits qu'a négligés l'auteur ;
> De ce vers qui se traîne il blâme la faiblesse ;
> Il ne vous cache point que ce vers dur le blesse :
> Il veut qu'on sacrifie une fausse beauté,
> Qu'en un passage obscur on jette la clarté.   DARU

l'architecture [1], il faut que tous les morceaux nécessaires se tournent en ornements naturels. Mais tout ornement qui n'est qu'ornement est de trop; retranchez-le, il ne manque rien, il n'y a que la vanité qui en souffre. Un auteur qui a trop d'esprit [2], et qui en veut toujours avoir, lasse et épuise le mien : je n'en veux point avoir tant. S'il en montroit moins, il me laisseroit respirer et me feroit plus de plaisir : il me tient trop tendu, la lecture de ses vers me devient une étude. Tant d'éclairs m'éblouissent; je cherche une lumière douce qui soulage mes foibles yeux. Je demande un poëte aimable, proportionné au commun des hommes, qui fasse tout pour eux, et rien pour lui. Je veux un sublime si familier, si doux et si simple, que chacun soit d'abord tenté de croire qu'il l'auroit trouvé sans peine, quoique peu d'hommes soient capables de le trouver. Je préfère l'aimable au surprenant et au merveilleux. Je veux un homme qui me fasse oublier qu'il est auteur [3], et qui se mette comme de plainpied en conversation avec moi. Je veux qu'il me mette devant les yeux un laboureur qui craint pour ses moissons, un berger qui ne connoît que son village et son troupeau, une nourrice attendrie par son petit enfant; je veux qu'il me fasse penser, non à lui et à son bel esprit [4], mais aux bergers qu'il fait parler.

Despectus tibi sum, nec qui sim quæris, Alexi ;
Quam dives pecoris, nivei quam lactis abundans :

[1] « Comme pour l'architecture. » Dans le discours que Fénelon prononça lors de sa réception à l'Académie française, il a reproduit les mêmes idées avec plus de développement.

[2] « Qui a trop d'esprit. » Voici ce que Marmontel dit de cette sorte d'affectation, en style passablement affecté : *C'est avoir beaucoup d'esprit sans doute que d'en avoir trop; mais c'est n'en pas avoir assez.*

[3] « Qui me fasse oublier qu'il est auteur. » « Quand on voit le style « naturel, on est tout étonné et ravi ; car on s'attendoit de voir un au- « teur, et on trouve un homme. » PASCAL, *Pensées.*

[4] « Et à son bel esprit. » Ce mot revient souvent dans tout le reste de cet article. Fénelon songeait sans doute au *bel esprit* Fontenelle et à ses églogues si prétentieuses : les bergers et les bergères y parlent un langage toujours conforme aux règles de la plus exquise galanterie ; aussi Perrault, le détracteur des anciens, l'en félicite dans les vers suivants :

De l'églogue en tes vers éclate le mérite,
Sans qu'il en coûte rien au fameux Théocrite,
Qui jamais ne fit plaindre un amoureux destin
D'un ton si *délicat*, si *galant*, et si *fin*.

Malheureusement pour Fontenelle, cet éloge était parfaitement mérité.

> Mille meæ Siculis errant in montibus agnæ;
> Lac mihi non æstate novum, non frigore defit.
> Canto quæ solitus, si quando armenta vocabat,
> Amphion Dircæus in Actæo Aracyntho.
> Nec sum adeo informis; nuper me in littore vidi,
> Quum placidum ventis staret mare...[1].

Combien cette naïveté champêtre a-t-elle plus de grâce qu'un trait subtil et raffiné d'un bel esprit!

> Ex noto fictum carmen sequar, ut sibi quivis
> Speret idem, sudet multum frustraque laboret
> Ausus idem : tantum series juncturaque pollet!
> Tantum de medio sumptis accedit honoris[2]!

O qu'il y a de grandeur à se rabaisser ainsi, pour se proportionner à tout ce qu'on peint, et pour atteindre à tous les divers caractères! Combien un homme est-il au-dessus de ce qu'on nomme esprit, quand il ne craint point d'en cacher une partie! Afin qu'un ouvrage soit véritablement beau, il faut que l'auteur s'y oublie, et me permette de l'oublier; il faut qu'il me laisse seul en pleine liberté. Par exemple, il faut que Virgile disparoisse, et que je m'imagine voir ce beau lieu :

> Muscosi fontes, et somno mollior herba[3], etc.

---

[1] VIRGIL., *Eclog.* II, *v.* 19 *et seq.* — Tu me dédaignes, Alexis ; tu ne demandes pas même qui je suis ; si je suis riche en troupeaux, si j'ai dans mon bercail du lait plus blanc que la neige. Mille brebis, qui sont à moi, errent sur les montagnes de Sicile : en été, en hiver, leur lait ne me manque jamais. Je sais chanter les airs que, sur le mont Aracynthe, chantait Amphion de Dircé quand il rassemblait ses génisses. Je ne suis pas non plus si hideux : naguère je me suis vu dans les eaux du rivage, pendant que les vents étaient calmes et la mer immobile, etc.

[2] HORAT., *de Art. poet.,* *v.* 240 *et seq.*

> D'un fait connu j'emprunterais ma fable ;
> Chacun d'abord penserait parvenir
> Au même point ; mais ce point difficile
> Pourrait coûter un travail inutile ;
> Tant l'ordre plaît, tant l'art sait rajeunir
> Un sujet vieux, dont toutes les parties
> Ont de la suite et sont bien assorties.   M.-J. CHÉNIER.

On peut trouver ces citations bien multipliées, mais il faut songer qu'alors on était au plus fort de la querelle des anciens et des modernes; et la meilleur réponse à faire aux détracteurs des anciens était de mettre sous leurs yeux les beautés qu'ils s'obstinaient à méconnaître.

[3] VIRGIL., *Ecl.* VII, *v.* 45. — Fontaines couvertes de mousse, gazons plus doux que le sommeil.

Il faut que je désire d'être transporté dans cet autre
endroit :

> . . . O mihi tum quam molliter ossa quiescant,
> Vestra meos olim si fistula dicat amores !
> Atque utinam ex vobis unus, vestrique fuissem
> Aut custos gregis, aut maturæ vinitor uvæ[1] !

Il faut que j'envie le bonheur de ceux qui sont dans cet
autre lieu dépeint par Horace :

> Quò pinus ingens albaque populus
> Umbram hospitalem consociare amant
>   Ramis, et obliquo laborat
> Lympha fugax trepidare rivo [2].

J'aime bien mieux être occupé de cet ombrage et de ce
ruisseau que d'un bel esprit importun qui ne me laisse
point respirer [3]. Voilà les espèces d'ouvrages dont le
charme ne s'use jamais : loin de perdre à être relus, ils se
font toujours redemander; leur lecture n'est point une
étude, on s'y repose, on s'y délasse. Les ouvrages brillants

[1] VIRGIL. *Ecl.* X, *v. 33 et seq.*
> . . . . O que si quelque jour
> Votre luth à ces monts racontait mes amours,
> Gallus dans le tombeau reposerait tranquille !
> Que n'ai-je, parmi vous, dans un modeste asile,
> Ou marié la vigne, ou soigné les troupeaux.   LANGEAC.

[2] *Lib.* II, *Od.* III, *v. 9 et seq.*
> Là, parmi des arbres sans nombre,
> T'offrant son dôme hospitalier,
> Du vieux pin le feuillage sombre
> Se plaît à marier son ombre
> A la pâleur du peuplier.
> Plus loin, la source fugitive,
> Qui suit à regret les détours
> Du lit où son onde est captive,
> Semble s'échapper de sa rive,
> Et vouloir abréger son cours   DE WAILLY.

[3] « J'aime bien mieux, etc. » Molière avait déjà attaqué, dans les
mauvais écrivains de son temps, ce faux goût dont Fontenelle hérita en
y mêlant, il est vrai, beaucoup d'esprit. C'est précisément cette affectation perpétuelle, cette prétention de *mettre de l'esprit partout*, que
Bélise et Philaminte admirent dans le fameux sonnet de Trissotin ; leurs
éloges en font la critique :

> Ah ! tout doux, laissez-moi, de grâce *respirer !*
> . . . .
> Chaque pas dans vos vers rencontre un trait charmant,
> Partout on s'y promène avec ravissement.
> On n'y sauroit marcher que sur de belles choses,
> Ce sont petits chemins tout parsemés de roses. (*Les Femmes savantes.*)

et façonnés imposent et éblouissent; mais ils ont une pointe fine qui s'émousse bientôt. Ce n'est ni le difficile, ni le rare, ni le merveilleux, que je cherche; c'est le beau simple, aimable et commode, que je goûte. Si les fleurs qu'on foule[1] aux pieds dans une prairie sont aussi belles que celles des plus somptueux jardins, je les en aime mieux. Je n'envie rien à personne. Le beau ne perdroit rien de son prix, quand il seroit commun à tout le genre humain; il en seroit plus estimable. La rareté est un défaut et une pauvreté de la nature. Les rayons du soleil n'en sont pas moins un grand trésor, quoiqu'ils éclairent tout l'univers. Je veux un beau si naturel[2], qu'il n'ait aucun besoin de me surprendre par sa nouveauté : je veux que ses grâces ne vieillissent jamais, et que je ne puisse presque me passer de lui.

. . . . . . Decies repetita placebit[3].

La poésie[4] est sans doute une imitation et une peinture. Représentons-nous donc Raphaël qui fait un tableau : il se garde bien de faire des figures bizarres, à moins qu'il ne travaille dans le grotesque ; il ne cherche point un coloris éblouissant; loin de vouloir que l'art saute aux yeux, il ne songe qu'à le cacher; il voudroit pouvoir tromper le spectateur, et lui faire prendre son tableau pour Jésus-Christ même transfiguré sur le Thabor[5]. Sa peinture n'est bonne qu'autant qu'on y trouve de vérité. L'art est défectueux dès qu'il est outré; il doit viser à la ressem-

---

[1] « Si les fleurs qu'on foule, etc. » Ce goût si vif pour la nature devait paraître un peu excessif aux contemporains de Fénelon. Quelques années auparavant, Perrault, appliquant son faux goût à tous les arts, opposait fièrement les jardins de Versailles aux jardins d'Alcinoüs, chantés par Homère, qu'il trouvait d'ailleurs *rempli de bassesses et d'incongruités.*

[2] « Un beau si naturel. » MOLIÈRE, *Le Misanthrope :*

> Ce style figuré, *dont on fait vanité,*
> Sort du bon caractère et de la vérité ;
> Ce n'est que jeu de mots, qu'affectation pure,
> Et ce n'est pas ainsi que parle la nature.
> Le méchant goût du siècle en cela me fait peur, etc.

[3] HORAT., *de Art. poet., v.* 565.

[4] « La poésie, etc. » *Sicut pictura poesis erit.* HORACE.

[5] « Transfiguré sur le Thabor. » Fénelon veut parler ici du tableau de la *Transfiguration.* C'est l'un des plus beaux du Vatican; il en existe une copie en mosaïque qui orne l'une des chapelles de St-Pierre de Rome. Remarquons ces rapprochements perpétuels entre la poésie et les autres arts. L'âme de Fénelon était sensible à toutes les impres-

blance[1]. Puisqu'on prend tant de plaisir à voir, dans un paysage du Titien[2], des chèvres qui grimpent sur une colline pendante en précipice, ou, dans un tableau de Teniers[3], des festins de village et des danses rustiques, faut-il s'étonner qu'on aime à voir dans l'Odyssée des peintures si naïves du détail de la vie humaine? On croit être dans les lieux qu'Homère dépeint, y voir et y entendre les hommes. Cette simplicité de mœurs semble ramener l'âge d'or. Le bon homme Eumée me touche bien plus qu'un héros de Clélie ou de Cléopâtre[4]. Les vains préjugés de notre temps avilissent de telles beautés : mais nos défauts ne diminuent point le vrai prix d'une vie si raisonnable et si naturelle. Malheur à ceux qui ne sentent point le charme de ces vers !

> Fortunate senex ! hic, inter flumina nota
> Et fontes sacros, frigus captabis opacum [5].

sions du Beau, sous toutes ses formes. Quand Mignard, peintre célèbre, travaillait à Versailles, Fénelon l'allait surprendre et causait peinture avec lui. On peut voir dans les *Dialogues des morts* avec quelle finesse il apprécie *le Poussin* et *Léonard de Vinci*.

[1] « Il doit viser à la ressemblance. » Ici Fénelon répond aux esprits faux qui trouvent dans Homère et dans les anciens une vérité trop nue ; emporté par cette préoccupation, il va peut-être trop loin, ou du moins néglige d'ajouter que dans les arts l'exacte *imitation* de la nature, la *ressemblance*, la *vérité* seule ne suffit pas toujours : il faut encore que cette vérité soit *idéale*. Raphaël a-t-il pris ses vierges dans la réalité ? Cicéron peut ici compléter Fénelon : « *Nec vero ille artifex* (Phidias), *quum faceret Jovis formam aut Minervœ, contemplabatur aliquem e quo similitudinem duceret ; sed ipsius in mente insidebat species pulchritudinis eximia quœdam, quam intuens, in eaque defixus, ad illius similitudinem artem et manum dirigebat.* » Orator. c. 2.

[2] LE TITIEN, grand peintre, né à Cadore, en 1477, et mort en 1576.

[3] TENIERS (*David*), né à Anvers en 1610, et mort dans la même ville en 1694. Les sujets ordinaires de ses tableaux sont des scènes réjouissantes, des représentations de la vie populaire des Flamands. — Fénelon n'avait pas sur les arts les mêmes idées que Louis XIV : on avait placé au Musée quelques tableaux de Teniers ; quand le roi les aperçut, il s'écria : *Qu'on m'ôte d'ici tous ces magots.*

[4] *La Clélie*, roman de Mlle de Scudéry, qui tomba sous les plaisanteries de Molière et de Boileau. C'est dans le premier volume de ce roman en dix volumes, que se trouve la fameuse carte de *Tendre*. Voici comment Mlle de Scudéry peint un de ses *héros*, le terrible Brutus : « *Il n'y a pas un galant qui sache mieux que lui l'art de conquérir un illustre cœur.* » — *Cléopâtre*, roman de La Calprenède. Ces romans volumineux eurent un prodigieux succès. V. le *Dial. des Héros de roman*, dans Boileau.

[5] VIRGIL., *Ecl.* 1, *v.* 51.

> Heureux vieillard ! ici nos fontaines sacrées,
> Nos forêts te verront, sous leur sombre épaisseur
> De l'ombrage et des eaux respirer la fraîcheur.   TISSOT.

Rien n'est au-dessus de cette peinture de la vie champêtre :

> O fortunatos nimium, sua si bona norint [1], etc.

Tout m'y plaît, et même cet endroit si éloigné des idées romanesques :

> . . . . at frigida Tempe,
> Mugitusque boum, mollesque sub arbore somni [2].

Je suis attendri tout de même [3] pour la solitude d'Horace.

> O rus, quando ego te adspiciam? quandoque licebit
> Nunc veterum libris, nunc somno et inertibus horis
> Ducere sollicitæ jucunda oblivia vitæ [4]?

Les Anciens ne se sont pas contentés de peindre simplement d'après nature, ils ont joint la passion à la vérité.

Homère ne peint point un jeune homme qui va périr dans les combats sans lui donner des grâces touchantes : il le représente plein de courage et de vertu ; il vous intéresse pour lui, il vous le fait aimer, il vous engage [5] à craindre pour sa vie ; il vous montre son père accablé de vieillesse, et alarmé des périls de ce cher enfant ; il vous fait voir la nouvelle épouse de ce jeune homme qui tremble pour lui, vous tremblez avec elle. C'est une espèce de trahison [6] : le poëte ne vous attendrit avec tant de grâce et de douceur que pour vous mener au moment fatal

---

[1] *Georg.*, II, *v.* 457.

Heureux l'homme des champs, s'il connaît son bonheur. DELILLE

[2] *Georg.*, II, *v.* 469 *et seq.*
> . . . . Une claire fontaine,
> Dont l'onde en murmurant l'endort sous un vieux chêne,
> Un troupeau qui mugit, des vallons, des forêts. DELILLE.

Cette traduction est plus *élégante* que le texte, et *moins éloignée des idées romanesques*. C'est là le défaut ordinaire de Delille quand il traduit les grands poëtes : c'est ce que lui reprochait le satirique J. Chénier :

> Vous mîtes du *rouge* à Virgile,
> Mettez des *mouches* à Milton.

[3] « Tout de même, » serait trivial aujourd'hui.
[4] *Lib.* II, *Sat.* VI, *v.* 60 *et seq.*

O ma chère campagne ! ô tranquilles demeures !
Quand pourrai-je, au sommeil donnant de douces heures
Ou, trouvant dans l'étude un utile plaisir,
Au sein de la paresse et d'une paix profonde
Goûter l'heureux oubli des orages du monde ! DARU.

[5] « Il vous engage. » Expression délicate ; il ne vous fait pas violence, c'est une douce persuasion.
[6] « Trahison. » Quelles expressions vives et originales !

où vous voyez tout à coup celui que vous aimez, qui nage dans son sang, et dont les yeux sont fermés par l'éternelle nuit[1].

Virgile prend pour Pallas, fils d'Évandre, les mêmes soins de nous affliger qu'Homère avoit pris de nous faire pleurer Patrocle. Nous sommes charmés de la douleur que Nisus et Euryale nous coûtent. J'ai vu un jeune prince à huit ans[2] saisi de douleur à la vue du péril du petit Joas. Je l'ai vu impatient sur ce que le grand prêtre cachoit à Joas son nom et sa naissance. Je l'ai vu pleurer amèrement en écoutant ces vers :

> Ah! miseram Eurydicen, anima fugiente, vocabat :
> Eurydicen toto referebant flumine ripæ[3].

Vit-on jamais rien de mieux amené, ni qui prépare un plus vif sentiment, que ce songe d'Énée ?

> Tempus erat quo prima quies mortalibus ægris,
>
> . . . .
>
> Raptatus bigis, ut quondam, aterque cruento
> Pulvere, perque pedes trajectus lora tumentes.
> Hei mihi, qualis erat! quantum mutatus ab illo
> Hectore qui redit exuvias indutus Achillis !
>
> . . . .
>
> Ille nihil ; nec me quærentem vana moratur[4], etc.

---

[1] *Fermés par une éternelle nuit;* expression hardie. Ce dernier membre de phrase fait un assez beau vers :

> Dont les yeux sont fermés par l'éternelle nuit.

[2] « J'ai vu un jeune prince de huit ans. » Souvenir touchant de Fénelon pour son élève, qu'il avait perdu deux années auparavant ; Louis de France, duc de Bourgogne, né en 1682, avait huit ans et demi en 1691, quand Racine publia *Athalie.* « Je puis dire ici que la France
« voit en la personne d'un prince de huit ans et demi, qui fait aujour-
« d'hui ses plus chères délices, un exemple illustre de ce que peut
« dans un enfant un heureux naturel aidé *d'une excellente éducation ;*
« et que si j'avois donné au petit Joas la même vivacité et le même dis-
« cernement qui brillent dans les reparties de ce jeune prince, on
« m'auroit accusé avec raison d'avoir péché contre les régles de la
« vraisemblance. » *Préface d'Athalie.*

[3] VIRG., *Georg.*, IV, v. 523 et seq

> . . . . sa voix expirante,
> Jusqu'au dernier soupir formant un faible son,
> D'Eurydice en flottant murmurait le doux nom ;
> Eurydice, ô douleur! Touchés de son supplice,
> Les échos répétaient Eurydice! Eurydice!   DELILLE.

[4] *Æneid.*, II, v. 268 et seq.

> C'était l'heure où, du jour adoucissant les peines,
> Le sommeil, grâce aux dieux, se glisse dans nos veines.

Le bel esprit pourroit-il toucher ainsi le cœur?
Peut-on lire cet endroit sans être ému?

> O mihi sola mei super Astyanactis imago!
> Sic oculos, sic ille manus, sic ora ferebat;
> Et nunc æquali tecum pubesceret ævo [1].

Les traits du bel esprit seraient déplacés et choquants dans un discours si passionné, où il ne doit rester de parole qu'à la douleur.

Le poëte ne fait jamais mourir personne sans peindre vivement quelque circonstance qui intéresse le lecteur.

On est affligé pour la vertu, quand on lit cet endroit :

> ......Cadit et Ripheus, justissimus unus
> Qui fuit in Teucris, et servantissimus æqui :
> Dis aliter visum [2]!..................

On croit être au milieu de Troie, saisi d'horreur et de compassion, quand on lit ces vers :

> Tum pavidæ tectis matres ingentibus errant,
> Amplexæque tenent postes, atque oscula figunt.
>
> Vidi Hecubam, centumque nurus, Priamumque per aras
> Sanguine fœdantem quos ipse sacraverat ignes [3].

> Tout à coup, le front pâle et chargé de douleurs,
> Hector près de mon lit a paru tout en pleurs :
> Et tel qu'après son char la victoire inhumaine,
> Noir de poudre et de sang, le traîna sur l'arène.
> Je vois ses pieds encore et meurtris et percés
> Des indignes liens qui les ont traversés.
> Hélas! qu'en cet état de lui-même il diffère!
> Ce n'est plus cet Hector, ce guerrier tutélaire,
> Qui, des armes d'Achille orgueilleux ravisseur,
> Dans les murs paternels revenait en vainqueur, etc.   DE FONTANES.

[1] *Æneid.*, III, *v.* 489 *et seq.*

> .... Mais je le vois encore [*Astyanax*].
> Dans tes traits, dans tes yeux respire son image,
> Et s'il vivait, hélas! il serait de ton âge.   GASTON.

[2] *Æneid.*, II, *v.* 426 *et seq.*

> Bientôt tombe Riphée : entre tous les mortels
> Les Troyens vénéraient son austère justice;
> Les dieux ne l'ont pas vu d'un regard si propice.   BARTHÉLÉMY.

[3]
> Et les mères, errant autour des galeries,
> Attachent des baisers à leurs portes chéries.
>
> J'ai vu. . . Hécube. . .
> Ses cent brus autour d'elle, et Priam massacré,
> Ensanglantant l'autel qu'il avait consacré.   BARTHÉLÉMY.

Arma diu senior desueta trementibus ævo
Circumdat nequidquam humeris, et inutile ferrum
Cingitur, ac densos fertur moriturus in hostes.

Sic fatus senior, telumque imbelle sine ictu
Conjecit.

« Nunc morere. » Hæc dicens, altaria ad ipsa trementem
Traxit, et in multo lapsantem sanguine nati ,
Implicuitque comam læva, dextraque coruscum
Extulit, ac lateri capulo tenus abdidit ensem.
Hæc finis Priami fatorum ; hic exitus illum
Sorte tulit, Trojam incensam et prolapsa videntem
Pergama, tot quondam populis terrisque superbum
Regnatorem Asiæ. Jacet ingens littore truncus,
Avulsumque humeris caput, et sine nomine corpus [1].

Le poëte ne représente point le malheur d'Eurydice sans,
nous la montrer toute prête à revoir la lumière et re-
plongée tout à coup dans la profonde nuit des enfers :

Jamque, pedem referens, casus evaserat omnes,
Redditaque Eurydice superas veniebat ad auras.

---

[1] *Æneid.*, II, *v.* 489 *et seq.*
         . . . . . . D'une armure impuissante
Ce vieillard charge en vain son épaule tremblante,
Prend un glaive, à son bras dès long-temps étranger,
Et s'apprête à mourir plutôt qu'à se venger.
       . . . . . A ces mots au vainqueur inhumain
Il jette un faible trait.
. . . « Meurs! » Il dit : et d'un bras sanguinaire,
Du monarque traîné par ses cheveux blanchis,
Et nageant dans le sang du dernier de ses fils,
Il pousse vers l'autel la vieillesse tremblante .
De l'autre saisissant l'épée étincelante,
Lève le fer mortel, l'enfonce, et de son flanc
Arrache avec la vie un vain reste de sang.
Ainsi finit Priam ; ainsi la destinée
Marqua par cent malheurs sa mort infortunée.
Il périt en voyant de ses derniers regards
Brûler son Ilion, et crouler ses remparts :
Et ce grand potentat, dont les mains souveraines
De tant de nations avaient tenu les rênes,
Que l'Asie à genoux entourait autrefois
De l'amour des sujets et du respect des rois,
De lui-même aujourd'hui reste méconnaissable,
Hélas ! et dans la foule étendu sur le sable,
N'est plus dans cet amas des lambeaux d'Ilion,
Qu'un cadavre sans tombe, et qu'un débris sans nom. DELILLE.

Illa : « Quis et me, inquit, miseram, et te perdidit, Orpheu?
Quis tantus furor? En iterum crudelia retro
Fata vocant, conditque natantia lumina somnus.
Jamque vale : feror ingenti circumdata nocte,
Invalidasque tibi tendens, heu ! non tua, palmas [1]. »

Les animaux souffrants que ce poëte met comme devant nos yeux nous affligent :

Propter aquæ rivum viridi procumbit in ulva
Perdita, nec seræ meminit decedere nocti [2].

La peste des animaux est un tableau qui nous émeut :

Hinc lætis vituli vulgò moriuntur in herbis,
Et dulces animas plena ad præsepia reddunt.

. . . .

Labitur, infelix studiorum atque immemor herbæ,
Victor equus, fontesque avertitur, et pede terram
Crebra ferit. . . . .

. . . .

Ecce autem duro fumans sub vomere taurus
Concidit, et mixtum spumis vomit ore cruorem,
Extremosque ciet gemitus : it tristis arator,
Mœrentem abjungens fraterna morte juvencum,
Atque opere in medio defixa relinquit aratra.
Non umbræ altorum nemorum, non mollia possunt
Prata movere animum, non qui per saxa volutus
Purior electro campum petit amnis [3] ; etc.

---

[1] *Georg.*, IV, *v.* 484 *et seq.*

    Enfin il revenait des gouffres du Ténare,
    Possesseur d'Eurydice et vainqueur du Tartare..
    Eurydice s'écrie : « ô destin rigoureux !
    Hélas ! quel Dieu cruel nous a perdus tous deux ?
    Quelle fureur ! voilà qu'au ténébreux abîme
    Le barbare destin rappelle sa victime.
    Adieu ; déjà je sens dans un nuage épais
    Nager mes yeux éteints et fermés pour jamais.
    Adieu, mon cher Orphée; Eurydice expirante
    En vain te cherche encor de sa main défaillante ;
    L'horrible mort, jetant son voile autour de moi,
    M'entraîne loin du jour, hélas! et loin de toi. »   Delille.

[2] *Ecl.*, VIII, *v.* 87 *et seq.*

    .....La génisse errante au bord des eaux
    Succombe, et sans espoir elle fuit le repos ;
    C'est en vain que la nuit sous nos toits la rappelle. Langeac.

[3] *Georg.*, III, *v.* 494 *et seq.*

    L'agneau tombe en suçant le lait qui le nourrit ;
    La génisse languit dans un vert pâturage...

Virgile anime et passionne tout. Dans ses vers tout pense, tout a du sentiment, tout vous en donne ; les arbres mêmes vous touchent :

> Exiit ad cœlum ramis felicibus arbos,
> Miraturque novas frondes et non sua poma [1].

Une fleur attire votre compassion, quand Virgile la peint prête à se flétrir :

> Purpureus veluti quum flos succisus aratro
> Languescit moriens [2].

Vous croyez voir les moindres plantes que le printemps ranime, égaie et embellit :

> Inque novos soles audent se gramina tuto
> Credere [3].

Un rossignol est Philomèle qui vous attendrit sur ses malheurs :

> Qualis populea mœrens Philomela sub umbra [4], etc.

> Le coursier, l'œil éteint, et l'oreille baissée,
> Distillant lentement une sueur glacée,
> Languit, chancelle, tombe, et se débat en vain...
> Il néglige les eaux, renonce au pâturage,
> Et sent s'évanouir son superbe courage...
> Voyez-vous ce taureau, fumant sous l'aiguillon,
> D'un sang mêlé d'écume inonder son sillon ?
> Il meurt ; l'autre, affligé de la mort de son frère,
> Regagne tristement l'étable solitaire ;
> Son maître l'accompagne accablé de regrets,
> Et laisse en soupirant ses travaux imparfaits.
> Le doux tapis des prés, l'asile d'un bois sombre,
> La fraîcheur du matin jointe à celle de l'ombre,
> Le cristal d'un ruisseau qui rajeunit les prés,
> Et roule une eau d'argent sur des sables dorés,
> Rien ne peut des troupeaux ranimer la faiblesse.   DELILLE.

[1] *Georg.*, II, *v.* 81.
> Bientôt ce tronc s'élève en arbre vigoureux,
> Et se couvrant des fruits d'une race étrangère,
> Admire ces enfants dont il n'est pas le père.   ID.

[2] *Æneid.*, IX, *v.* 434.
> Tel meurt avant le temps, sur la terre couché,
> Un lis que la charrue en passant a touché.   ID.

[3] *Georg.*, II, *v.* 551.
> Aux rayons doux encor du soleil printanier
> Le gazon sans péril ose se confier.   ID.

[4] *Georg.*, IV, *v.* 510.
> Telle sur un rameau, durant la nuit obscure,
> Philomèle plaintive attendrit la nature   ID.

Horace fait en trois vers un tableau où tout vit, et inspire du sentiment :

> . . . . . Fugit retro
> Lævis juventas et decor, arida
> Pellente lascivos amores
> Caniti͏e facilemque somnum [1].

Veut-il peindre en deux coups de pinceau [2] deux hommes que personne ne puisse méconnoître, et qui saisissent le spectateur; il vous met devant les yeux la folie incorrigible de Pâris, et la colère implacable d'Achille :

> Quid Paris? ut salvus regnet vivatque beatus,
> Cogi posse negat [3]. . . . . . .
> Jura neget sibi nata, nihil non arroget armis [4].

Horace veut-il nous toucher en faveur des lieux où il souhaiteroit de finir sa vie avec son ami, il nous inspire le désir d'y aller :

> Ille terrarum mihi præter omnes
> Angulus ridet. . . . .
> . . . . Ibi tu calentem
> Debita sparges lacryma favillam
> Vatis amici [5].

Fait-il un portrait d'Ulysse, il le peint supérieur aux tempêtes de la mer, au naufrage même, et à la plus cruelle fortune:

> . . . . aspera multa

---

[1] *Lib.* II, *Od.* VIII, *v.* 5 *et seq.*
> Déjà s'envolent nos beaux jours;
> Aux grâces du printemps succède la vieillesse,
> Elle a banni l'essaim des folâtres amours,
> Et le sommeil facile, et la douce allégresse.   DE WAILLY.

[2] « En deux coups de pinceau. » Métaphore devenue vulgaire et dont on ne doit plus se servir. Voltaire attaque avec raison les formules de ce genre : « Toutes ces images, qui plaisent par la nouveauté, dégoûtent « par l'habitude ; les premiers qui les employèrent, passaient pour des « inventeurs, les derniers ne sont que des perroquets. »

[3] *Lib.*, I, *Ep.* II, *v.* 10.
> ... L'amoureux Pâris, aveugle en son délire,
> Refuse son bonheur et la paix de l'empire.   DARU.

[4] *De Art. poet., v.* 122.
> Peignez Achille ardent, inexorable,
> Altier, colère, osant braver les lois,
> Hors ceux du glaive, ignorant tous les droits.   J. CHÉNIER.

[5] *Lib.* II, *Od.* IV, *v.* 13 *et seq.*
> Rien n'égale à mes yeux ce petit coin du monde·
> . . . .
> Vos pleurs y mouilleront la cendre tiède encore
> Du poëte que vous aimez.   DARU.

Pertulit, adversis rerum immersabilis undis[1].

Peint-il Rome invincible jusque dans ses malheurs, écoutez-le :

> Duris ut ilex tonsa bipennibus
> Nigræ feraci frondis in Algido,
>   Per damna, per cædes, ab ipso
>   Ducit opes animumque ferro.
> Non Hydra secto corpore firmior[2] ; etc.

Catulle, qu'on ne peut nommer sans avoir horreur de ses obscénités, est au comble de la perfection pour une simplicité passionnée :

> Odi, et amo : quare id faciam, fortasse requiris :
> Nescio ; sed fieri sentio, et excrucior[3].

Combien Ovide et Martial, avec leurs traits ingénieux et façonnés, sont-ils au-dessous de ces paroles négligées, où le cœur saisi parle seul dans une espèce de désespoir !

Que peut-on voir de plus simple et de plus touchant, dans un poëme, que le roi Priam réduit dans sa vieillesse à baiser *les mains meurtrières* d'Achille, qui ont arraché la vie à ses enfants[4]? Il lui demande, pour unique adoucissement de ses maux, le corps du grand Hector. Il aurait gâté tout, s'il eût donné le moindre ornement à ses paroles : aussi n'expriment-elles que sa douleur. Il le conjure par son père, accablé de vieillesse, d'avoir pitié du plus infortuné de tous les pères.

Le bel esprit a le malheur d'affoiblir les grandes passions où il prétend orner[5]. C'est peu, selon Horace, qu'un poëme soit beau et brillant ; il faut qu'il soit touchant, ai-

---

[1] *Lib.* I, *Ep.* II, *v.* 22. — Il souffrit bien des traverses, toujours battu des flots de l'adversité, sans en être submergé.

[2] *Lib.* IV, *Od.* III, *v.* 57 *et seq.*

> Rome prend sous nos coups une force nouvelle,
> Et le glaive et le feu la trouvent immortelle :
> Ainsi, vainqueur du fer, l'orme étend ses rameaux.
> Jamais monstre pareil n'étonna la Colchide ;
>   L'hydre même d'Alcide
> Renaissait moins de fois sous les coups du héros.   DARU.

[3] *Epigr.* 85. — J'aime et je hais : peut-être me demandes-tu comment cela est possible ; je ne sais ; mais je le sens, et je souffre toutes les tortures.

[4] *Iliade*, liv. XXIV.

[5] « Où il prétend orner. » Où il prétend *placer des ornements ; orner* ne se prendrait plus ainsi absolument.

mable, et par conséquent simple, naturel et passionné :

> Non satis est pulchra esse poemata; dulcia sunto,
> Et, quocumque volent, animum auditoris agunto [1].

Le beau qui n'est que beau, c'est-à-dire brillant, n'est beau qu'à demi : il faut qu'il exprime les passions pour les inspirer; il faut qu'il s'empare du cœur pour le tourner vers le but légitime d'un poëme.

VI. Projet d'un Traité sur la Tragédie.

Il faut séparer d'abord la tragédie d'avec la comédie [2]. L'une représente les grands événements qui excitent les violentes passions; l'autre se borne à représenter les mœurs des hommes dans une condition privée.

Pour la tragédie, je dois commencer en déclarant que je ne souhaite point qu'on perfectionne les spectacles [3] où l'on ne représente les passions corrompues que pour les allumer [4]. Nous avons vu que Platon et les sages législateurs du paganisme rejetoient loin de toute république bien policée les fables et les instruments de musique qui pouvoient amollir une nation par le goût de la volupté. Quelle devroit donc être la sévérité des nations chrétiennes contre les spectacles contagieux! Loin de vouloir qu'on perfectionne de tels spectacles, je ressens une véritable

---

[1] HORAT., de Art. poet., v. 99. 100.

> .... Ce n'est point assez des beautés éclatantes;
> Il faut connaître aussi ces beautés plus puissantes,
> Qui pénètrent nos cœurs doucement entraînés. DARU.

[2] « Il faut séparer d'abord la tragédie, etc. » On a, plus tard, confondu ces deux genres, et de leur réunion on a formé le drame, mélange de comique et de pathétique.

[3] « En déclarant, etc. » Il règne dans cet article et dans le suivant une sorte d'embarras, assez piquant peut-être, mais qui a contribué sans doute à rendre Fénelon bien sévère pour les grands poëtes du XVIIe siècle. L'illustre archevêque ne peut s'empêcher d'être séduit par la poésie partout où elle brille, dans le poëme dramatique comme ailleurs. Mais ces divertissements mondains ont toujours effrayé l'Eglise, et Bossuet avait publié quelques années avant sa lettre au père Caffaro sur les spectacles. Fénelon est donc ainsi partagé entre les goûts de son imagination et les scrupules de sa conscience. Aussi quelles réserves! que de précautions!

[4] « Pour les allumer. » Ce n'est pas là assurément le but que se proposaient Corneille et Racine : la peinture des crimes et des malheurs que les passions entraînent semble faite au contraire pour en détourner.

[5] « Nous avons vu que les sages législateurs, etc. » V. plus haut. p. 22.

joie de ce qu'ils sont chez nous imparfaits en leur genre [1]. Nos poëtes les ont rendus languissants, fades et doucereux comme les romans. On n'y parle que de feux, de chaînes, de tourments. On y veut mourir en se portant bien. Une personne très-imparfaite est nommée un soleil, ou tout au moins une aurore; ses yeux sont deux astres [2]. Tous les termes sont outrés, et rien ne montre une vraie passion [3]. Tant mieux; la foiblesse du poison diminue le mal. Mais il me semble qu'on pourroit donner aux tragédies une merveilleuse force, suivant les idées très-philosophiques de l'antiquité, sans y mêler cet amour volage et déréglé [4] qui fait tant de ravages.

Chez les Grecs, la tragédie étoit entièrement indépendante de l'amour profane [5]. Par exemple, l'OEdipe de Sopho-

---

[1] « Imparfaits en leur genre. » Pas si *imparfaits*, que Fénelon s'efforce de le croire. *Nos poëtes*, parmi lesquels il comprend évidemment Corneille et Racine, semblent avoir *montré* dans leurs tragédies une *vraie passion*; et si l'on n'avait d'autre motif pour se rassurer contre les dangers de ces peintures que l'*imperfection* même du tableau, je ne sais si Fénélon aurait eu vraiment sujet, en lisant Racine et Corneille, de *ressentir une véritable joie* : mais encore une fois, ces peintures si vives n'ont-elles pas plutôt un effet salutaire? «Ne croyons pas que le théâtre soit, de tous les genres de littérature, le plus dépourvu de morale. Image de la vie humaine, le théâtre est moral comme l'expérience, et, ajoutons-le, hélas! pour ne rien déguiser de son inefficacité, moral comme l'expérience d'autrui, qui touche et qui corrige peu. » M. SAINT-MARC-GIRARDIN, *Cours de Littérature dramatique*.

[2] « Mourir en se portant bien, etc. » Fénelon, gêné ici par son sujet, plaisante de mauvaise grâce sur ce jargon ridicule, emprunté à l'hôtel de Rambouillet. Boileau a beaucoup mieux exprimé la même pensée :

> Faudra-t-il de sang-froid et sans être amoureux
> Pour quelque Iris en l'air faire le langoureux,
> *Lui prodiguer les noms de Soleil et d'Aurore,*
> *Et toujours bien mangeant, mourir par métaphore.*   Satire IX.

[3] «Rien ne montre une vraie passion. » Fénelon semble oublier que, dans son *Télémaque*, il a donné à son héros une passion coupable, et que cependant il a su en faire sortir un effet moral et salutaire : ou peut-être s'est-il un peu trop souvenu ici des attaques si injustes que lui avaient valu les premiers livres de *Télémaque*, lorsque cet ouvrage parut en 1699. Voici ce que Bossuet en disait dans une lettre à son neveu : « Cet ouvrage partage les esprits; la cabale l'admire; le reste du monde le trouve peu sérieux et peu digne d'un prêtre. »

[4] « Cet amour volage et déréglé. » L'amour dans Corneille et dans Racine n'est pas volage et déréglé; il est violent et souvent cruel.

[5] « L'amour profane. » On en trouve en effet peu de traces dans Eschyle et dans Sophocle; et Aristophane nous apprend que, si Euripide a introduit cette passion dans ses tragédies, on l'en blâmait assez rudement. Ce passage de Fénelon est important : il peut embarrasser

cle n'a aucun mélange de cette passion étrangère au sujet.
Les autres tragédies de ce grand poëte sont de même.
M. Corneille n'a fait qu'affoiblir l'action, que la rendre
double, et que distraire le spectateur dans son Œdipe,
par l'épisode d'un froid amour de Thésée pour Dircé[1].
M. Racine est tombé dans le même inconvénient[2] en com-
posant sa Phèdre : il a fait un double spectacle, en joi-
gnant à Phèdre furieuse Hippolyte soupirant, contre son
vrai caractère. Il falloit laisser Phèdre toute seule dans sa
fureur; l'action auroit été unique, courte, vive et rapide.
Mais nos deux poëtes tragiques, qui méritent d'ailleurs les
plus grands éloges, ont été entraînés par le torrent; ils ont
cédé au goût des pièces romanesques, qui avoient prévalu.
La mode du bel esprit faisoit mettre de l'amour partout[3];

les esprits peu éclairés qui croient notre tragédie calquée sur la tragédie grecque. La passion qui fait le sujet ordinaire de nos pièces de
théâtre, était à peu près bannie du théâtre ancien : cette différence est
assez notable.

[1] « D'un froid amour de Thésée pour Dircé. » Cet amour épisodique
mérite toutes ces critiques de Fénelon : on connaît ces deux vers que
débite Thésée :

> Quelque ravage affreux qu'étale ici la peste,
> L'absence aux vrais amants est encor plus funeste. _ Acte I, sc. 1.

[2] « M. Racine est tombé dans le même inconvénient, etc. » Arnaud
disait : _pourquoi M. Racine a-t-il fait Hippolyte amoureux ?_ Et Racine
répondait, dit-on : _Si je l'avois fait insensible, qu'eussent dit tous nos
petits maîtres ?_ On a pris cette excuse trop au sérieux. Peut-être Racine
n'avait-il pas besoin d'une pareille justification. La sagesse parfaite
semble froide au théâtre :

> ......Aux grands cœurs donnez quelques foiblesses,

dit Boileau, et Aristote l'a dit avant lui. Le rôle d'Hippolyte, tel que
Racine l'a écrit, semble quelquefois manquer un peu de chaleur ; l'ar-
dente passion de Phèdre refroidit tout ce qui l'entoure. Si Racine avait fait
Hippolyte _insensible_, ce défaut n'aurait-il pas encore été plus marqué ?
D'ailleurs, l'amour d'Hippolyte pour Aricie n'a rien de répréhensible ;
et aussi Fénelon ne semble le condamner que parce que cet amour est
contraire au _vrai caractère_ d'Hippolyte. Mais remarquons qu'Hippolyte
n'a d'autre caractère que celui qui lui est attribué par la tradition my-
thologique, ou plutôt par les poëtes : est-ce donc là une donnée qu'on
soit obligé de respecter scrupuleusement dans un poëme dramatique,
comme on est tenu de respecter les données de l'histoire ?

[3] « Faisoit mettre de l'amour partout. » Ce n'était pas précisément le
bel esprit qui _faisoit mettre de l'amour partout_ : la passion et le bel
esprit sont deux choses qui d'ordinaire ne vont pas ensemble. Le sévère
Boileau est moins rigoureux que Fénelon.

> De cette passion la sensible peinture
> Est pour aller au cœur la route la plus sûre.

Ajoutons que, de toutes les passions, c'est peut-être celle qui conon s'imaginoit qu'il étoit impossible d'éviter l'ennui pendant deux heures sans le secours de quelque intrigue galante[1]; on croyoit être obligé à s'impatienter dans le spectacle le plus grand et le plus passionné, à moins qu'un héros langoureux ne vînt l'interrompre; encore falloit-il que ses soupirs fussent ornés de pointes[2], et que son désespoir fût exprimé par des espèces d'épigrammes. Voilà ce que le désir de plaire au public arrache aux plus grands auteurs, contre les règles. De là vient cette passion si façonnée ·

> Impitoyable soif de gloire,
> Dont l'aveugle et noble transport
> Me fait précipiter ma mort
> Pour faire vivre ma mémoire;

vient le mieux à la nature de notre tragédie, dont les limites sont si restreintes par la nécessité d'observer l'unité de temps. Les autres passions, plus sourdes, plus concentrées, plus réfléchies, comme l'ambition, la haine, etc., demandent des développements que l'ampleur seule de la tragédie anglaise pouvait comporter (*Macbeth*, *Richard III*, etc.). Mais l'amour, étant de toutes les passions la plus emportée et la plus soudaine dans ses effets, devait être l'élément naturel de la tragédie française. Napoléon disait à Muller : « Votre tragédie est une *histoire*; la nôtre est une *crise*. » C'est pour ces *crises* que sont faites les explosions terribles de l'amour et ses retours violents.

[1] « On s'imaginoit, etc. » Il faut croire que ce n'était pas une *vaine imagination*, puisqu'on a continué à mettre de l'amour dans toutes les tragédies. Voltaire, sans avoir des raisons aussi respectables que Fénelon, s'irritait de la place que cette passion tenait dans notre théâtre. Il fit plusieurs tragédies sans amour; une seule est comptée parmi ses chefs-d'œuvre, c'est *Mérope*.

[2] « Fussent ornées de pointes. » Dans une pièce de Rotrou, *Don Bernard de Cabrère*, le héros aime la princesse *Violante*, et veut lui nommer l'objet de son amour, sans manquer cependant au respect qu'il lui doit : il se tire d'embarras par un calembourg :

> L'intérest de l'amy m'esloigne de l'amante;
> Mais le temps éteindra cette ardeur... *violente* :
> Je l'ai nommée : adieu !

Dans la *Toison d'or* de Corneille, Hypsipile dit à la magicienne Médée.

> Je n'ai que des attraits et vous avez des *charmes*.

Enfin, on connaît ce vers que Racine met dans la bouche de Pyrrhus, comparant *les feux de son amour* à l'incendie de Troie :

> Brûlé de plus de feux, que je n'en allumai.

Mais, quoi qu'en dise Fénelon, ces *pointes* sont rares chez Corneille et chez Racine. D'ailleurs, ce défaut se rencontre malheureusement aussi dans les poëtes grecs, que Fénelon oppose ici aux poëtes français. Sophocle joue sur le nom d'Ajax : (Αἴας, αἶ αἶ, *hélas, hélas!* v. 428) ; et Euripide sur celui de Polynice, πολὺ νεῖκος, *dissensions nombreuses*, et lui fait dire par Etéocle : « Mon père avec raison te nomma Poly- « nice; il prévoyait de *combien de dissensions* tu serais la cause. » (*Phœniss.*, v. 649.) On pourrait citer d'autres exemples analogues.

> Arrête pour quelques moments
> Les impétueux sentiments
> De cette inexorable envie,
> Et souffre qu'en ce triste et favorable jour,
> Avant que te donner ma vie,
> Je donne un soupir à l'amour [1].

On n'osoit mourir de douleur sans faire des pointes et des jeux d'esprit en mourant. De là vient ce désespoir si ampoulé et si fleuri :

> Percé jusques au fond du cœur
> D'une atteinte imprévue aussi bien que mortelle,
> Misérable vengeur d'une juste querelle,
> Et malheureux objet d'une injuste rigueur [2].

Jamais douleur sérieuse ne parla un langage si pompeux et si affecté.

Il me semble qu'il faudroit aussi retrancher de la tragédie une vaine enflure, qui est contre toute vraisemblance [3]. Par exemple, ces vers ont je ne sais quoi d'outré :

> Impatients désirs d'une illustre vengeance
> A qui la mort d'un père a donné la naissance,
> Enfants impétueux de mon ressentiment,
> Que ma douleur séduite embrasse aveuglément,
> Vous régnez sur mon âme avecque trop d'empire :
> Durant quelques moments souffrez que je respire,
> Et que je considère, en l'état où je suis,
> Et ce que je hasarde, et ce que je poursuis [4].

M. Despréaux trouvoit dans ces paroles une généalogie *des impatients désirs d'une illustre vengeance,* qui étoient les *enfants impétueux* d'un noble *ressentiment,* et qui étoient *embrassés* par une *douleur séduite* [4]. Les personnes considé-

----

[1] P CORNEILLE, *OEdipe,* acte III, sc. I.

[2] P. CORNEILLE, *le Cid,* acte I, sc. VI. — *Une juste querelle, une injuste rigueur* ; cette antithèse, qui passe presque inaperçue, et comme entraînée dans l'élan même de cette strophe, est une bien faible tache dans ce monologue d'ailleurs admirable.

[3] « Contre toute vraisemblance. » La *vraisemblance* au théâtre est relative et conventionnelle : il est aussi contre toute *vraisemblance* que les personnages parlent en vers : les monologues, les *a-parte,* etc., sont *invraisemblables.* L'amour de Fénelon pour la simplicité l'entraîne peut-être trop loin. Ces vers ont cette espèce d'exagération poétique qu'exige la perspective théâtrale.

[4] P. CORNEILLE, *Cinna,* acte I, scène I, d'après les premières éditions.

[5] Je ne sais si la plaisanterie souvent citée de M. Despréaux sur cette *généalogie,* etc., est bien intelligible. Il est facile de ridiculiser ainsi les meilleurs vers en les mettant en prose vulgaire. C'est un procédé peu

râbles, qui parlent avec passion dans une tragédie doivent parler avec noblesse et vivacité; mais on parle naturellement et sans ces tours si façonnés, quand la passion parle[1]. Personne ne voudroit être plaint dans son malheur par son ami avec tant d'emphase.

M. Racine n'étoit pas exempt de ce défaut, que la coutume avoit rendu comme nécessaire. Rien n'est moins naturel que la narration de la mort d'Hippolyte à la fin de la tragédie de Phèdre, qui a d'ailleurs de grandes beautés. Théramène, qui vient pour apprendre à Thésée la mort funeste de son fils, devroit ne dire que ces deux mots[2], et manquer même de force pour les prononcer distinctement : « Hippolyte est mort. Un monstre envoyé du fond de la mer par la colère des dieux l'a fait périr. Je l'ai vu. »

* loyal ; c'est celui qu'emploie Voltaire quand il veut rendre Corneille ridicule, et cela lui arrive trop souvent.

[1] « La passion parle. » Les vers que Fénelon vient de citer sont les premiers de la pièce de *Cinna* : la situation est plus calme que les expressions dont il se sert ne le feraient supposer. C'est la passion qui parle, mais une passion sombre, contenue depuis bien des années, et qui s'entretient dans la solitude d'un projet longtemps médité.

[2] « Théramène ne devroit dire que ces deux mots, etc. » C'est ce qu'il dit d'abord en effet.

THÉSÉE.   Théramène, est-ce toi? Qu'as-tu fait de mon fils?
             Je te l'ai confié dès l'âge le plus tendre.........
             Mais d'où naissent les pleurs que je te vois répandre?
             Que fait mon fils?

THÉRAMÈNE.   O soins tardifs et superflus !
             Inutile tendresse! *Hippolyte n'est plus !*

THÉSÉE.   Dieux !

THÉRAMÈNE.   J'ai vu des mortels périr le plus aimable,
             Et j'ose dire encor, seigneur, le moins coupable.

THÉSÉE.   Mon fils n'est plus? hé quoi! quand je lui tends les bras,
             Les dieux impatients ont hâté son trépas?
             Quel coup me l'a ravi? quelle foudre soudaine....

THÉRAMÈNE. A peine nous sortions etc.

Et le récit commence après cette scène, que les pauses, les suspensions, les silences des deux acteurs doivent, en la prolongeant, rendre plus naturelle. Mais laissons parler La Harpe : « Il est indubitable qu'il y a du luxe de style dans ce morceau d'ailleurs si beau ; mais ce qui est de trop se réduit à sept ou huit vers à retrancher, et à la description du monstre, qui est trop détaillée. Il est d'ailleurs très-naturel que Thésée, accablé d'abord par la terrible nouvelle de la mort de son fils, veuille ensuite en apprendre les circonstances, et d'autant qu'elles sont autant de prodiges, effets de la colère des dieux provoquée par ses imprécations..... Fénelon croit que Théramène ne doit pas avoir la force de faire ce récit, ni Thésée celle de l'entendre. C'est une double erreur : la douleur, en pareil cas, dès qu'elle peut écouter, est avide de savoir, et dès qu'elle peut parler, elle est éloquente. » LA HARPE, *Commentaire sur le théâtre de Racine.*

Un tel homme, saisi, éperdu, sans haleine, peut-il s'amuser à faire la description la plus pompeuse et la plus fleurie de la figure du dragon?

> L'œil morne maintenant et la tête baissée,
> Sembloient se conformer à sa triste pensée, etc.
> La terre s'en émeut, l'air en est infecté;
> Le flôt qui l'apporta recule épouvanté [1].

Sophocle est bien loin de cette élégance si déplacée et si contraire à la vraisemblance [2]; il ne fait dire à OEdipe que des mots entrecoupés; tout est douleur : Ἰού, ἰού! αἴ, αἴ, αἴ, αἴ! φεῦ, φεῦ [3]! C'est plutôt un gémissement, ou un cri, qu'un discours : « Hélas! hélas! dit-il, tout est éclairci. « O lumière, je te vois maintenant pour la dernière fois!.. « Hélas! hélas! malheur à moi! Où suis-je, malheureux? « Comment est-ce que la voix me manque tout à coup? O « fortune, où êtes-vous allée?... Malheureux! malheu- « reux! je ressens une cruelle fureur avec le souvenir de « mes maux!... O amis, que me reste-t-il à voir, à aimer, « à entretenir, à entendre avec consolation? O amis, re- « jetez au plus tôt loin de vous un scélérat, un homme « exécrable, objet de l'horreur des dieux et des hommes!.. « Périsse celui qui me dégagea de mes liens dans les lieux « sauvages où j'étois exposé, et qui me sauva la vie! Quel « cruel secours! Je serois mort avec moins de douleur « pour moi et pour les miens;... je ne serois ni le meur- « trier de mon père, ni l'époux de ma mère. Maintenant « je suis au comble du malheur. Misérable, j'ai souillé « mes parents, et j'ai eu des enfants de celle qui m'a mis « au monde ! »

C'est ainsi que parle la nature, quand elle succombe à la douleur : jamais rien ne fut plus éloigné des phrases brillantes du bel esprit. Hercule et Philoctète parlent avec la même douleur vive et simple dans Sophocle.

M. Racine, qui avoit fort étudié les grands-modèles de l'antiquité [4], avoit formé le plan d'une tragédie françoise

---

[1] *Phèdre*, acte V, scène VI.

[2] « Sophocle est bien loin, etc. » Oui, dans le passage cité; ici Sophocle n'a pas de récit à faire; mais quand il en fait, il tombe aussi dans le défaut si sévèrement reproché à Racine. Les narrations sont au contraire beaucoup plus longues dans la tragédie grecque que dans la tragédie française : c'est un défaut que Shakspeare évite en mettant sur la scène ce que Corneille et Racine sont obligés de raconter.

[3] *OEdipe roi*, v. 1167—1293, 1294. Edit. classiq. de M. Berger.

[4] « Avoit fort étudié les grands modèles de l'antiquité. » On possède

d'OEdipe suivant le goût de Sophocle, sans y mêler aucune intrigue postiche [1] d'amour, et suivant la simplicité grecque. Un tel spectacle pourroit être très-curieux, très-vif, très-rapide, très-intéressant : il ne seroit point applaudi, mais il saisiroit, il feroit répandre des larmes, il ne laisseroit pas respirer [2], il inspireroit l'amour des vertus et l'horreur des crimes, il entreroit fort utilement dans le dessein des meilleures lois ; la religion même la plus pure n'en seroit point alarmée ; on n'en retrancheroit que de faux ornements qui blessent les règles [3].

Notre versification, trop gênante, engage souvent les meilleurs poëtes tragiques à faire des vers chargés d'épithètes pour attraper la rime [4]. Pour faire un bon vers, on l'accompagne d'un autre vers foible qui le gâte. Par exemple, je suis charmé quand je lis ces mots:

. . . . Qu'il mourût.

Mais je ne puis souffrir le vers que la rime amène aussitôt :

Ou qu'un beau désespoir alors le secourût [5].

à la Bibliothèque royale de Paris plusieurs exemplaires des tragiques grecs avec des notes marginales écrites de la main de Racine.

[1] « Une intrigue postiche. » Comme celle que Voltaire a introduite dans son *OEdipe* : plus tard il fut le premier à s'en moquer.

[2] « Il ne laisseroit pas respirer. » « Il inspirerait cette sombre et « douloureuse attention qui fait le charme de la vraie tragédie. »
VOLTAIRE.

[3] « De faux ornements qui blessent les règles. » Les faux ornements qui blessent le *bon sens*, oui ; mais les règles ? quelles règles ? « Je « voudrois bien savoir si la grande règle de toutes les règles n'est pas de « plaire, et si une pièce de théâtre qui a attrapé son but n'a pas suivi « un bon chemin. » MOLIÈRE.

[4] « Pour attraper la rime. » Voilà la seconde fois que Fénelon revient sur ce sujet. On conviendra que le défaut signalé ici est rare chez Corneille et chez Racine ; et, encore une fois, quand ils y tombent, c'est la faute du poëte, et non de la versification qui, comme toute versification possible, impose nécessairement quelque contrainte, et exige souvent de pénibles, mais salutaires efforts ; le charme des vers est à ce prix. — Un poëte du seizième siècle a dû à la rime un effet imitatif assez bizarre : on rapporte à Alexandre les dernières paroles de Darius mourant ;

« Ma mère et mes enfants aye en recommanda... » (*tion*)
Il ne put achever, car la mort l'engarda (*l'empêcha*).
JACQUES DE LA TAILLE.

[5] Voltaire a renouvelé cette critique. La Harpe a essayé de justifier Corneille : « Horace devait-il s'arrêter sur le mot *qu'il mourût?* Il est « beau pour un Romain, mais il est dur pour un père ; et Horace est

Les périphrases outrées de nos vers[1] n'ont rien de naturel; elles ne représentent point des hommes qui parlent en conversation sérieuse, noble et passionnée. On ôte au spectateur le plus grand plaisir du spectacle, quand on en ôte cette vraisemblance.

J'avoue que les anciens donnoient quelque hauteur de langage au cothurne :

> An tragicâ desævit et ampullatur in arte[2]?

Mais il ne faut point que le cothurne altère l'imitation de la vraie nature; il peut seulement la peindre en beau et en grand. Mais tout homme doit toujours parler humainement : rien n'est plus ridicule pour un héros dans les plus grandes actions de sa vie, que de ne joindre pas à la noblesse et à la force une simplicité qui est très-opposée à l'enflure :

> Projicit ampullas et sesquipedalia verba[3].

Il suffit de faire parler Agamemnon avec hauteur, Achille avec emportement, Ulysse avec sagesse, Médée

« à la fois l'un et l'autre : on vient de le voir dans l'adieu paternel qu'il
« faisait tout à l'heure à son fils. Quelle est donc l'idée qui doit suivre
« naturellement cet arrêt terrible du vieux romain, *qu'il mourût!*
« c'est assurément la possibilité consolante que, même en combattant
« contre trois, en se résolvant à la mort, il y échappe cependant; et
« après tout, est-il sans exemple qu'un seul homme en ait vaincu
« trois? pourquoi donc Horace n'embrasserait-il pas cette idée, au
« moins un instant? C'est Rome qui a prononcé *qu'il mourût :* c'est la
« nature qui, ne renonçant jamais à l'espérance, ajoute tout de suite :

> « Ou qu'un beau désespoir alors le secourût. »

[1] « Les périphrases outrées de nos vers. » Nous avons cité plus haut une périphrase assez curieuse ; en voici une autre tirée d'une tragédie moderne ; c'est la traduction du mot si connu d'Henri IV. « *Je veux*, dit Henri, *que*

> ..... Au jour marqué pour le repos (*le dimanche*)
> L'hôte laborieux des modestes hameaux (*le paysan*),
> Sur sa table moins humble ait par ma bienfaisance
> Quelques-uns de ces mets réservés à l'aisance (*mette la poule au pot*).
> LEGOUVÉ, la mort de Henri IV, acte IV, sc. I.

Il faut convenir en effet, que ces quatre vers dans la bouche d'Henri IV sont par trop *invraisemblables.*

[2] HOR. *Lib.* 1, *Ep.* 3, *v.* 14. — « Préfère-t-il les fureurs et le langage « pompeux de la tragédie. »

[3] HOR., *de Art. poet. v.* 97.

> Doit bannir loin de soi l'enflure et les grands mots.   DARU.

> Ils me font dire aussi des mots *longs d'une toise,*
> De grands mots qui tiendroient d'ici jusqu'à Pontoise.
> J. RACINE, les Plaideurs.

avec fureur. Mais le langage fastueux et outré dégrade tout[1] ; plus on représente de grands caractères et de fortes passions, plus il faut y mettre une noble et véhémente simplicité.

Il me paroît même qu'on a donné souvent aux Romains un discours trop fastueux[2] : ils pensoient hautement, mais ils parloient avec modération. C'étoit le peuple roi, il est vrai, *populum late regem*[3] ; mais ce peuple étoit aussi doux pour les manières de s'exprimer dans la société qu'appliqué à vaincre les nations jalouses de sa puissance :

> Parcere subjectis, et debellare superbos[4].

Horace a fait le même portrait en d'autres termes :

> Imperet bellante prior, jacentem
> Lenis in hostem[5].

Il ne paroît point assez de proportion entre l'emphase avec laquelle Auguste parle dans la tragédie de Cinna, et la modeste simplicité avec laquelle Suétone nous le dépeint dans tout le détail de ses mœurs. Il laissoit encore à Rome une si grande apparence de l'ancienne liberté de la

[1] « Le langage fastueux et outré, etc. » Au lieu des exemples cités plus haut, Fénelon en aurait pu citer de plus choquants ; voici le début de *la Mort de Pompée*, par Corneille.

> PTOLÉMÉE. Le destin se déclare, et nous venons d'entendre
> Ce qu'il a résolu du beau-père et du gendre.
> Quand les dieux étonnés sembloient se partager,
> Pharsale a décidé ce qu'ils n'osoient juger.
> Ces fleuves teints de sang, et rendus plus rapides
> Par le débordement de tant de parricides,
> Cet horrible débris d'aigles, d'armes, de chars,
> Sur ces champs empestés confusément épars,
> Ces montagnes de morts privés d'honneurs suprêmes,
> Que la nature force à se venger eux-mêmes,
> Et dont les troncs pourris exhalent dans les vents
> De quoi faire la guerre au reste des vivants, etc.

[2] « Un discours trop fastueux. » Vauvenargues (*Réflexions critiques sur quelques poètes*) cite et développe ce passage de Fénelon. « Cor- « neille est tombé trop souvent dans ce défaut de prendre l'ostentation « pour la hauteur, et la déclamation pour l'éloquence ; et ceux qui se « sont aperçus qu'il étoit peu naturel à beaucoup d'égards, ont dit, « pour le justifier, qu'il s'étoit attaché à peindre les hommes tels qu'ils « devoient être. Il est donc vrai du moins qu'il ne les a pas peints tels « qu'ils étoient, etc. »

[3] VIRG., *Æneid.* I, *v.* 21.

[4] VIRG., *Æneid.* VI, *v.* 852. — Épargner les vaincus, humilier les superbes.

[5] *Carm. Sæcul. v.* 51. — Qu'il fasse éclater sa puissance contre les rebelles, et sa clémence envers les vaincus.

république, qu'il ne vouloit point qu'on le nommât *Seigneur*. « Domini appellationem, ut maledictum et oppro-
« brium semper exhorruit. Cum spectante eo ludos, pro-
« nuntiatum esset in mimo, *O dominum æquum et bonum !*
« et universi quasi de ipso dictum exsultantes comprobas-
« sent ; et statim manu vultuque indecoras adulationes re-
« pressit, et insequenti die gravissimo corripuit edicto, *do-*
« *minumque* se posthac appellari, ne a liberis quidem aut ne-
« potibus suis, vel serio vel joco passus est... In consulatu,
« pedibus fere, extra consulatum, sæpe adoperta sella per
« publicum incessit. Promiscuis salutationibus admittebat
« et plebem... Quoties magistratuum comitiis interesset,
« tribus cum candidatis suis circuibat : supplicabatque
« more solenni. Ferebat et ipse suffragium in tribu, ut
« unus e populo... Filiam et neptes ita instituit, ut etiam
« lanificio assuefaceret... Habitavit in ædibus modicis Hor-
« tensianis, et neque laxitate neque cultu conspicuis : ut in
« quibus porticus breves essent Albanarum columnarum,
« et sine marmore ullo aut insigni pavimento conclavia. Ac
« per annos amplius quadraginta eodem cubiculo hieme
« et æstate mansit... Instrumenti ejus et supellectilis par-
« cimonia apparet etiam nunc, residuis lectis atque men-
« sis, quorum pleraque vix privatæ elegantiæ sint... Veste
« non temere alia quam domestica usus est, ab uxore et
« sorore et filia neptibusque confecta... Cœnam trinis fer-
« culis, aut, cum abundantissime, senis, præbebat, ut non
« nimio sumptu, ita summa comitate... Cibi minimi erat
« atque vulgaris fere [1]; etc. »

---

[1] SUET., *Aug.* 53. 56. 64. 72. 73. 74. 76. — « Il rejeta toujours le nom de *seigneur*, comme une injure et un opprobre. Un jour qu'il était au théâtre, un acteur ayant prononcé ce vers :

  O le maître clément ! ô le maître équitable !

Tout le peuple le lui appliqua et battit des mains avec transport : il fit cesser ces acclamations indécentes avec des gestes d'indignation. Le lendemain il réprimanda sévèrement le peuple dans un édit, et défendit qu'on l'appelât jamais du nom de *seigneur*. Il ne le permettait pas même à ses enfants, ni sérieusement, ni en badinant... Lorsqu'il était consul, il marchait ordinairement à pied ; lorsqu'il ne l'était pas, il se faisait porter dans une litière ouverte, et laissait approcher tout le monde, même le bas peuple... Toutes les fois qu'il assistait aux comices, il parcourait les tribus avec les candidats qu'il protégeait, et demandait les suffrages dans la forme ordinaire : il donnait lui-même le sien, à son rang, comme un simple citoyen... Il éleva sa fille et ses petites-filles avec le plus grande simplicité, jusqu'à leur faire apprendre à filer... Il occupa la maison d'Hortensius ; elle n'était ni grande, ni

La pompe et l'enflure conviennent beaucoup moins à ce qu'on appeloit la *civilité romaine* [1] qu'au faste d'un roi de Perse. Malgré la rigueur de Tibère, et la servile flatterie où les Romains tombèrent de son temps et sous ses successeurs, nous apprenons de Pline que Trajan vivoit encore en bon et sociable citoyen dans une aimable familiarité. Les réponses de cet empereur sont courtes, simples [2], précises, éloignées de toute enflure. Les bas-reliefs de sa colonne le représentent toujours dans la plus modeste attitude [3], lors même qu'il commande aux légions. Tout ce que

ornée : les galeries en étaient étroites et de pierre commune ; ni marbre, ni marqueterie dans les cabinets et les salles à manger. Il coucha dans la même chambre pendant quarante ans, hiver et été... On peut juger de son économie dans l'ameublement, par des lits et des tables qui subsistent encore, et qui sont à peine dignes d'un particulier aisé... Il ne mit guère d'autres habits que ceux que lui faisaient sa femme, sa sœur, et ses filles... Ses repas étaient ordinairement de trois services, et jamais de plus de six : la liberté y régnait plus que la profusion... il mangeait peu et sa nourriture était extrêmement simple. »

Trad. de LA HARPE.

[1] « La civilité romaine. » Les prétendues convenances théâtrales forçaient Corneille et Racine à prodiguer ces mots de *seigneur* et de *madame*, dont on s'est tant moqué. Les vers suivants nous révèlent les scrupuleuses exigences de cette étiquette singulière, aussi rigoureuse que l'étiquette de la cour. *Cornélie à César :*

> *César,* car le destin qu'entre tes fers je brave,
> M'a fait ta prisonnière, et non pas ton esclave,
> Et tu ne prétends pas qu'il m'abatte le cœur,
> Jusqu'à te rendre hommage et te nommer *seigneur.*

Ainsi Cornélie croit faire acte d'héroïsme en refusant à un citoyen romain un titre que nul ne lui donnait. — Qui n'a remarqué que dans *Andromaque* Oreste tutoie son ami Pylade, tandis que celui-ci répond avec respect, sans se permettre jamais le tutoiement ; comme il convient à un simple confident parlant à un prince de théâtre ?

[2] « Les réponses de cet empereur, etc. » Le Xe livre des lettres de Pline le jeune contient un assez grand nombre de lettres de Trajan : elles méritent l'éloge qu'en fait ici Fénelon. Pline, s'adressant à l'empereur, l'appelle *seigneur, domine.*

[3] « Les bas-reliefs de sa colonne, etc. » Vers l'an de Rome 864, 112 de J.-C., le sénat et le peuple romain élevèrent, en l'honneur de Trajan, vainqueur des Daces, une colonne monumentale, en marbre blanc massif. Elle fut érigée dans une cour du magnifique Forum que cet empereur bâtit à Rome entre le mont Quirinal et le mont Capitolin Cette colonne existe encore. Elle a 44 mètres de haut. Autour de son fût, une série de bas-reliefs représentant les entreprises et les victoires de Trajan contre les Daces, se déroule sur une ligne spirale, du bas jusqu'au sommet. La colonne était jadis surmontée de la statue de Trajan ; on y voit maintenant celle de saint Pierre, que le pape Sixte V y fit placer en 1588. A l'intérieur, un escalier de 184 degrés, taillés dans la masse, conduit au sommet du monument. La colonne

nous voyons dans Tite-Live, dans Plutarque, dans Cicéron, dans Suétone, nous représente les Romains comme des hommes hautains[1] par leurs sentiments, mais simples, naturels et modestes dans leurs paroles ; ils n'ont aucune ressemblance avec les héros bouffis et empesés[2] de nos romans. Un grand homme ne déclame point en comédien, il parle en termes forts et précis dans une conversation : il ne dit rien de bas, mais il ne dit rien de façonné et de fastueux :

> Ne, quicumque deus, quicumque adhibebitur heros,
> Regali conspectus in auro nuper et ostro,
> Migret in obscuras humili sermone tabernas,
> Aut, dum vitat humum, nubes et inania captet.....
> Ut festis[3], etc.

La noblesse du genre tragique ne doit point empêcher que les héros mêmes ne parlent avec simplicité, à proportion de la nature des choses dont ils s'entretiennent :

> Et tragicus plerumque dolet sermone pedestri[4].

VII. Projet d'un Traité sur la Comédie.

La comédie représente les mœurs des hommes dans une condition privée[5]; ainsi elle doit prendre un ton moins haut que la tragédie. Le socque[6] est inférieur au cothurne ;

de la place Vendôme, à Paris, est, à la matière près, qui est le bronze, une imitation assez fidèle de la colonne Trajane.

[1] « Hautains. » Cette expression ne se prend plus dans un sens aussi favorable.

[2] « Les héros bouffis et empesés. » On voit que Fénelon, ainsi que les autres écrivains du même siècle, emploie sans scrupule les expressions les plus familières, quand elles sont énergiques et rendent mieux sa pensée.

[3] HOR. *de Art. poet.*, v. 227-231.

> Ne laissez pas surtout ce grave personnage,
> Ce héros ou ce dieu, que tout à l'heure encor,
> Nous avons admiré vêtu de pourpre et d'or,
> Prendre le ton des lieux où le peuple réside,
> Ou, de peur de ramper, se perdre dans le vide.   DARU.

[4] HOR. *de Art. poet.*, v. 95. — La plupart du temps les douleurs tragiques s'expriment dans le langage ordinaire.

[5] « Dans une condition privée. » On ne connaissait pas encore la comédie historique, ou du moins alors, elle prenait le nom de *tragicomédie.*

[6] « Le socque. » On sait que le brodequin, que chaussaient les acteurs comiques, *soccus*, était moins élevé que le cothurne réservé aux personnages de tragédie. Fénelon veut dire ici que le langage que le

mais certains hommes, dans les moindres conditions,
de même que dans les plus hautes, ont, par leur naturel,
un caractère d'arrogance [1] :

> Iratusque Chremes tumido deliligat ore.

J'avoue que les traits plaisants d'Aristophane me paroissent souvent bas ; ils sentent la farce faite exprès pour
amuser et pour mener le peuple. Qu'y a-t-il de plus ridicule que la peinture d'un roi de Perse qui marche avec
une armée de quarante mille hommes, pour aller sur une
montagne d'or satisfaire aux infirmités de la nature ?

Le respect de l'antiquité [2] doit être grand ; mais je suis
autorisé par les anciens contre les anciens mêmes. Horace
m'apprend à juger de Plaute [3] :

> At vestri proavi Plautinos et numeros et
> Laudavere sales, nimium patienter utrumque,
> Ne dicam stulte, mirati ; si modo ego et vos
> Scimus inurbanum lepido seponere dicto [4].

poëte comique prête à ses personnages, doit en général être moins
solennel que celui de la tragédie.

[1] « Arrogance. » Cette expression n'est pas juste et ne rend pas la
pensée d'Horace. *L'arrogance* est un travers et un ridicule, et par conséquent est fort propre aux situations comiques.

> Interdum tamen et vocem comœdia tollit,
> Iratusque Chremes tumido deliligat ore.   (*De Arte poet.*, v. 93-94.)

« Quelquefois la comédie prend un ton plus élevé, et Chrémés irrité
« gourmande son fils avec véhémence. »

> Contemplez de quel air un père dans Térence
> Vient d'un fils amoureux gourmander l'imprudence. Boileau.

La scène à laquelle Horace et Boileau font allusion est la 5e du 5e
acte de l'*Héautontimorumenos*. Chrémés y parle un langage noble et
élevé : nous avons l'équivalent de cette scène dans *le Menteur* de P.
Corneille (acte V, sc. 2 et 3), et dans *le Festin de Pierre*, de Molière,
(acte IV, sc. 6). Plusieurs scènes du *Misanthrope* et du *Tartufe* sont
d'un ton soutenu et pathétique. Ce qui n'a pas empêché Mercier le
dramaturge de reprocher à Molière de *ne s'être jamais élevé jusqu'au
drame :* il est vrai qu'il lui reproche aussi de *manquer de gaîté.*

[2] « Le respect de l'antiquité. » On dirait plutôt *le respect que l'on
doit à l'antiquité.*

[3] « A juger de Plaute. » Il est reconnu aujourd'hui que Horace a été
trop sévère pour les anciens poëtes latins. On voit d'ailleurs par plusieurs passages de ses satires et de ses épîtres que cette excessive rigueur
lui était reprochée par ses contemporains.

[4] *De Art. poet.*, v. 270-273.

> Nos pères, dont le goût n'était pas encor sûr,
> Vantaient le sel de Plaute, et son style assez dur ;
> Mais nous qui d'un bon mot distinguons la licence,
> Nous pouvons, sans manquer de respect envers eux,
> De trop de complaisance accuser nos aïeux.   Daru.

Seroit-ce la basse plaisanterie de Plaute que César auroit voulu trouver dans Térence ; *vis comica*[1]? Ménandre avoit donné à celui-ci un goût pur et exquis. Scipion et Lélius, amis de Térence, distinguoient avec délicatesse en sa faveur ce que Horace nomme *lepidum* d'avec ce qui est *inurbanum*. Ce poëte comique a une naïveté inimitable, qui plaît et qui attendrit par le simple récit d'un fait très-commun :

> Sic cogitabam : Hic, parvæ consuetudinis
> Causa, mortem hujus tam fert familiariter ;
> Quid, si ipse amasset? Quid mihi hic faciet patri?
> . . . .
> Effertur : Imus ; etc. [2]

Rien ne joue mieux[3], sans outrer aucun caractère. La suite est passionnée :

> . . . . At at! hoc illud est,
> Hinc illæ lacrymæ, hæc illa 'st misericordia[4].

Voici un autre récit où la passion parle toute seule :

> Memor essem? ô Mysis, Mysis, etiam nunc mihi
> Scripta illa dicta sunt in animo Chrysidis
> De Glycerio. Jam ferme moriens, me vocat :
> Accessi ; vos semotæ, nos soli ; incipit :
> Mi Pamphile, hujus formam atque ætatem vides; etc.
> . . . .

---

[1] « *Vis comica.* » On connaît les vers de César sur Térence :

> Tu quoque tu in summis, o dimidiate Menander,
> Poneris, et merito, puri sermonis amator.
> Lenibus atque utinam scriptis adjuncta foret *vis*
> *Comica*, ut æquato virtus polleret honore
> Cum Græcis, neque in hac despectus parte jaceres!
> Unum hoc maceror, et doleo tibi, deesse, Terenti.
>
> SUET., *Terent. vita.*

Boileau (s'il faut en croire le *Bolœana*) et La Harpe ont mis Térence beaucoup au-dessus de Plaute. Les plaisanteries grossières de Plaute effarouchaient leur goût scrupuleux et les empêchaient de se montrer aussi sensibles qu'il auraient dû l'être à cette *force comique* qui, selon César, manquait à Térence, et que Molière savait trouver dans Plaute, au milieu des plus étranges bouffonneries.

[2] TERENT., *Andr.*, acte I, scène I, v. 110—112. 117. « Quoi, me dis-je, pour si peu de temps qu'il l'a connue, il est bien sensible à sa perte ! Que serait-ce donc s'il l'avait aimée? Que sera-ce quand il me perdra, moi, son père?... On emporte le corps ; nous le suivons..... » Trad. de M. ALFR. MAGIN.

[3] « Ne joue mieux. » C'est-à-dire, rien n'est plus vif, plus animé.

[4] TERENT., *Andr.*, acte I, scène I, v. 125. 126. « Ah ! voilà le secret ! C'est pour cela qu'on pleure, c'est pour cela qu'on est si sensible. » Trad. de M. ALFR. MAGIN.

Quod te ego per dextram hanc oro, et per Genium tuum,
Per tuam fidem, perque hujus solitudinem,
Te obtestor, etc. . . . .
Te isti virum do; amicum, tutorem, patrem : etc. . . . .
Hanc mihi in manum dat ; mors continuo ipsam occupat.
Accepi ; acceptam servabo[1].

Tout ce que l'esprit ajouteroit à ces simples et touchantes paroles ne feroit que les affoiblir. Mais en voici d'autres qui vont jusqu'à un vrai transport :

Neque virgo est usquam , neque ego, qui illam e conspectu
          amisi meo.
Ubi quæram? Ubi investigem? Quem perconter? Qua insistam
          via.
Incertus sum. Una hæc spes est : ubi ubi est, diu celari non
          potest[2].

Cette passion parle encore ici avec la même vivacité :

                    Egone? Quid velim?
Cum milite isto præsens, absens ut sies ;
Dies noctesque me ames, me desideres,
Me somnies, me exspectes, de me cogites,
Me speres, me te oblectes, mecum tota sis :
Meus fac sis postremo animus, quando ego sum tuus[3].

Peut-on désirer un dramatique[4] plus vif et plus ingénu[5] ?

---

[1] TERENT., *Andr.*, I, sc. VI, v. 282—291. 295 298. « L'oublier ! Ah ! Mysis, Mysis ! elles sont encore gravées dans mon cœur les dernières paroles que m'adressa Chrysis en faveur de Glycère. Déjà presque mourante, elle me fit appeler: j'accours. Là, sans témoins, seuls tous les trois : « Cher Pamphile, me dit-elle, vous voyez sa beauté, sa jeu- « nesse, etc.... Je vous en conjure donc par cette main que je vous tends, « par votre Génie tutélaire, par votre honneur, par l'abandon où elle « va se trouver, de grâce, etc... Soyez pour elle un époux, un ami, un « tuteur, un père, etc. » Elle mit la main de Glycère dans la mienne, et rendit aussitôt le dernier soupir. J'ai accepté ce dépôt; je saurai le garder. » Trad. de M. ALF. MAGIN.

[2] TERENT., *Eunuch.*, acte II, scène IV, v. 293-295. « Je ne sais plus où elle est... où j'en suis !... Faut-il que je l'aie perdue de vue? Où la chercher? où retrouver sa trace? A qui m'adresser? quel chemin prendre? Je n'en sais rien. Je n'ai qu'un espoir : en quelque lieu qu'elle soit, elle ne peut rester longtemps cachée. » Trad. de M. ALFR. MAGIN.

[3] TERENT., *Eunuch.*, acte I, scène II, v. 191-196. « Moi? que vous dirais-je? Que près de ce capitaine, vous en soyez toujours loin; que le jour, la nuit, je sois l'unique objet de votre amour, de vos regrets, de vos rêves, de votre attente, de toutes vos pensées, de vos espérances, de vos joies; que vous soyez tout avec moi ; que votre cœur enfin soit à moi tout entier, comme le mien est tout à vous. » Trad. de M. ALFR. MAGIN.

[4] « Un dramatique. » Expression inusitée aujourd'hui.

[5] « Plus ingénu. » «Quant au bon Térence, la mignardise et les grâces

Il faut avouer que Molière est un grand poëte comique[1]. Je ne crains pas de dire qu'il a enfoncé plus avant que Térence dans certains caractères; il a embrassé une plus grande variété de sujets; il a peint par des traits[2] forts presque tout ce que nous voyons de déréglé et de ridicule. Térence se borne à représenter des vieillards avares et ombrageux[3], de jeunes hommes prodigues et étourdis, des courtisanes avides et impudentes, des parasites bas et flatteurs, des esclaves imposteurs et scélérats. Ces caractères méritoient sans doute d'être traités suivant les mœurs des Grecs et des Romains. De plus, nous n'avons que six pièces de ce grand auteur. Mais enfin Molière a ouvert un chemin tout nouveau[4]. Encore une fois, je le trouve grand: mais ne puis-je pas parler en toute liberté sur ses défauts?

En pensant bien, il parle souvent mal; il se sert des phrases les plus forcées et les moins naturelles[5]. Térence

« du languaige latin, ie le treuve admirable à représenter au vif les mou-
« vements de l'ame et la condition de nos mœurs; à toute heure nos
« actions me reiectent à luy : ie ne le puis lire si souvent que ie n'y
« treuve quelque beauté et grâce nouvelle. » MONTAIGNE, *Essais*, II, 10.

[1] « Il faut avouer que Molière est un grand poëte comique. » Cet *aveu* semble coûter à Fénelon, et nous fait déjà pressentir les restrictions graves qui vont bientôt suivre ces éloges.

[2] « Il a peint par des traits. » *Peindre par des traits* : cette expression est-elle bien juste ?

[3] « Térence se borne, etc. » Bossuet, dans sa lettre au pape sur l'éducation du Dauphin, s'exprime ainsi : « Quid memorem, ut Delphinus in Terentio suaviter atque utiliter luserit : quantaque se hic rerum humanarum exempla præbuerint, intuenti fallaces voluptatum ac muliercularum illecebras, adolescentulorum impotentes et cæcos impetus ; lubricam ætatem servorum ministeriis atque adulatione per devia præcipitatam, tum suis exagitatam erroribus, atque amoribus cruciatam, nec nisi miraculo expeditam, vix tandem conquiescentem, ubi ad officium redierit. Hic morum, hic ætatum, hic cupiditatum naturam a summo artifice expressam ; ad hæc personarum formam ac lineamenta, verosque sermones, denique venustum illud ac decens, quo artis opera commendetur, etc. »

[4] « A ouvert un chemin tout nouveau. » Corneille, dans *le Menteur*, qui précéda de onze ans la première comédie de Molière, avait créé la comédie de caractère ; mais le caractère de Dorante, mentant presque sans but, et trompant pour tromper, n'était pas un caractère assez général. C'est à Molière qu'il était réservé d'élargir la voie ouverte par Corneille. L'avare, l'hypocrite, etc., étaient des caractères bien autrement importants.

[5] « Les moins naturelles. » Cette opinion était partagée par La Bruyère et Vauvenargues. « Il n'a manqué à Molière que d'éviter le jargon et « d'écrire purement. » LA BRUYÈRE. — « Il y a en lui tant de négli- « gences et d'expressions impropres, qu'il y a peu de poëtes, si j'ose le « dire, moins corrects et moins purs que lui. » VAUVENARGUES. — Ces ju-

dit en quatre mots, avec la plus élégante simplicité, ce que celui-ci ne dit qu'avec une multitude de métaphores qui approchent du galimatias. J'aime bien mieux sa prose que ses vers. Par exemple, l'*Avare* est moins mal écrit que les pièces qui sont en vers. Il est vrai que la versification françoise l'a gêné; il est vrai même qu'il a mieux réussi pour les vers dans l'*Amphitryon,* où il a pris la liberté de faire des vers irréguliers. Mais en général, il me paroît, jusque dans sa prose, ne parler point assez simplement pour exprimer toutes les passions.

D'ailleurs il a outré souvent les caractères [1] : il a voulu, par cette liberté, plaire au parterre, frapper les spectateurs les moins délicats, et rendre le ridicule plus sensible. Mais quoiqu'on doive marquer chaque passion dans son plus fort degré et par ses traits les plus vifs, pour en mieux montrer l'excès et la difformité, on n'a pas besoin de forcer la nature, et d'abandonner le vraisemblable. Ainsi, malgré l'exemple de Plaute, où nous lisons : *Cedo tertiam* [2], je soutiens contre Molière, qu'un avare qui n'est point fou ne va jamais jusqu'à vouloir regarder dans la troisième main de l'homme qu'il soupçonne de l'avoir volé.

gements semblent injustes, parce qu'ils sont incomplets; ils signalent les défauts sans tenir compte des beautés. Ce *qui a manqué* à Molière, c'est le temps de soumettre le style de ses pièces à une révision sévère. On sait qu'il s'inquiétait surtout de l'effet qu'elles devaient produire à la représentation, où les défauts de style sont rarement aperçus; il en négligeait l'impression, et, quand il les publiait, c'était avec une insouciance rare; plusieurs de ses pièces n'ont été imprimées qu'après sa mort. Son style, ainsi que celui de Saint-Simon, auquel M. Sainte-Beuve l'a judicieusement comparé, porte la marque d'une composition trop rapide : il est inégal, heurté; il a, comme le disait admirablement Boileau, de ces *brusques fiertés* qui saisissent et qui enlèvent, et tout à côté, quelques négligences, que des retouches légères auraient fait aisément disparaître.

[1] « Il a outré les caractères. » Cette exagération est nécessaire au théâtre. Si les passions ou les ridicules n'y avaient d'autres proportions que celles qu'elles ont dans la société, elles ne nous frapperaient pas assez vivement. Il y a dans tous les arts une loi de perspective qu'il ne faut jamais oublier. Le *Moïse* de Michel-Ange a onze pieds de haut : c'est qu'il est fait pour être vu de loin. « La perspective du théâtre exige « un coloris fort et de grandes touches, mais dans de justes proportions, « c'est-à-dire, telles que l'œil du spectateur les réduise sans peine à la « vérité de la nature. » MARMONTEL.

[2] « Cedo tertiam. » « L'avare de Plaute examinant les mains de son « valet, lui dit : *voyons la troisième;* ce qui est choquant : Molière a « traduit *l'autre!* ce qui est naturel, attendu que la précipitation

Un autre défaut de Molière, que beaucoup de gens d'esprit lui pardonnent et que je n'ai garde de lui pardonner, est qu'il a donné un tour gracieux au vice, avec une austérité ridicule et odieuse à la vertu [1]. Je comprends que ses défenseurs ne manqueront pas de dire qu'il a traité avec honneur la vraie probité, qu'il n'a attaqué qu'une vertu chagrine et qu'une hypocrisie détestable : mais, sans entrer dans cette longue discussion, je soutiens que Platon et les autres législateurs de l'antiquité païenne n'auroient jamais admis dans leurs républiques un tel jeu sur les mœurs.

Enfin je ne puis m'empêcher de croire, avec M. Despréaux, que Molière, qui peint avec tant de force et de beauté les mœurs de son pays, tombe trop bas quand il imite le badinage de la comédie italienne [2] :

> Dans ce sac ridicule où Scapin s'enveloppe,
> Je ne reconnois plus l'auteur du Misanthrope [3].

« de l'avare a pu lui faire oublier qu'il a déjà examiné deux mains, et « prendre celle-ci pour la seconde. *Les autres*, est une faute du comé- « dien, qui s'est glissée dans l'impression. » MARMONTEL.

[1] « Avec une austérité ridicule et odieuse à la vertu. » Ceci ne peut s'entendre que du personnage d'Alceste dans *le Misanthrope; J.-J.* Rousseau a renouvelé sur ce point les critiques de Fénelon. Ils n'ont pas vu que, si les boutades d'Alceste et sa brusque franchise nous font rire, sa vertu commande jusqu'au bout l'estime et le respect. Molière a soin de nous dire, par la bouche de la sage Éliante :

> Dans ses façons d'agir il est fort singulier,
> Mais j'en fais, je l'avoue, un cas particulier;
> Et la sincérité dont son âme se pique
> A quelque chose en soi de noble et d'héroïque.

Quelques âmes charitables voulurent persuader au vertueux Montausier que Molière avait eu dessein de le ridiculiser sous le nom d'Alceste : Montausier vit la pièce et se félicita beaucoup qu'on eût cru l'y reconnaître. — On a attaqué la moralité de quelques autres pièces de Molière, de *l'Avare*, par exemple : consultez, sur cette question, M. SAINT-MARC-GIRARDIN, *Cours de Littérature dramatique*, et LA HARPE, *Cours de Littérature*.

[2] « De croire avec M. Despréaux, etc. » Ce jugement si sévère de Boileau fait peine quand on songe que Molière était son ami et venait de mourir : on aurait plus volontiers passé à Boileau un peu d'exagération dans la louange : *vellem in amicitia sic erraremus.* Au reste, il a bien expié ce tort par ses beaux vers de la septième épître, et l'on sait que le roi lui demandant quel était l'écrivain le plus extraordinaire de son temps, « *Sire, c'est Molière,* » répondit l'ami de Racine et de La Fontaine.

[3] BOILEAU, *Art poétique*, ch. III. — Voici tout le passage :

> Etudiez la cour et connoissez la ville;
> L'un et l'autre est toujours en modèles fertile;

VIII. Projet d'un Traité sur l'Histoire

Il est, ce me semble, à désirer, pour la gloire de l'Académie, qu'elle nous procure un traité sur l'Histoire. Il y a très-peu d'historiens qui soient exempts de grands défauts. L'histoire est néanmoins très-importante : c'est elle qui nous montre les grands exemples, qui fait servir les vices mêmes des méchants à l'instruction des bons, qui débrouille les origines, et qui explique par quel chemin les peuples ont passé d'une forme de gouvernement à une autre.

> C'est par là que Molière, illustrant ses écrits,
> *Peut-être de son art eût remporté le prix,*
> Si, moins ami du peuple en ses doctes peintures,
> Il n'eût point fait souvent grimacer ses figures,
> Quitté pour le bouffon l'agréable et le fin,
> Et sans honte à Térence allié Tabarin.
> Dans ce sac ridicule où Scapin s'enveloppe,
> Je ne reconnois plus l'auteur du Misanthrope.

M. Daunou et M. Sainte-Beuve ont voulu justifier Boileau, en proposant une correction pour l'avant-dernier vers. C'est Scapin qui *enveloppe* Géronte *dans le sac :* donc Boileau a dû mettre *l'enveloppe.* Et alors il ne s'agirait plus ici de Molière *poète comique,* mais de Molière *comédien,* bâtonné sous le nom de Géronte, et exposé dans cette situation ridicule à une sorte d'avilissement. « Molière jouait le rôle de Géronte, et par « conséquent il entrait en personne dans le sac ; on conçoit l'impres- « sion pénible que causait à Boileau cette vue de l'auteur du *Misan-* « *thrope,* malade, âgé de près de cinquante ans, et bâtonné sur le « théâtre. » M. Sainte-Beuve.
Cette correction ingénieuse serait fort désirable pour l'honneur de Boileau ; mais elle me semble inadmissible. 1° Il faut se méfier d'une explication si tardive d'un vers que, jusqu'à M. Daunou, tous les lecteurs, et Fénelon tout le premier, ont entendu dans un autre sens. 2° Evidemment, dans les vers qui précèdent, il s'agit du poète, et non du comédien. Comment les coups de bâton humiliants que Molière recevait à la scène l'auraient-ils empêché de *remporter le prix de son art?* Ces coups de bâton pouvaient être dégradants pour l'homme ; mais ses ouvrages pouvaient-ils en souffrir? Plaute et Shakspeare aussi étaient comédiens, et exposés aux mêmes inconvénients ; on a pu les en plaindre, mais qui jamais a imaginé que cela pût diminuer le mérite de l'*Aulularia* ou d'*Hamlet?* 3° Enfin, ce qui est plus décisif encore, consultez la distribution des rôles, telle qu'elle a été conservée dans les registres du comédien Lagrange, et reproduite dans l'édition de M. Lefèvre, vous y trouverez que Molière remplissait le rôle de Scapin, et non celui de Géronte, et, par conséquent, donnait les coups de bâton au lieu de les recevoir. — Il faut donc laisser à Boileau son vers tel qu'il est. A ce jugement de Boileau, adopté par Fénelon, nous opposerons celui de Voltaire : « Je conviendrais sans doute que Molière est inégal dans ses vers, mais je ne conviendrais pas qu'il ait choisi des personnages et des sujets trop bas. Les ridicules fins et déliés ne sont

Le bon historien n'est d'aucun temps ni d'aucun pays[1] : quoiqu'il aime sa patrie, il ne la flatte jamais en rien. L'historien françois doit se rendre neutre entre la France et l'Angleterre[2] : il doit louer aussi volontiers Talbot que Duguesclin; il rend autant de justice aux talents militaires du prince de Galles qu'à la sagesse de Charles V.

Il évite également les panégyriques et les satires : il ne mérite d'être cru qu'autant qu'il se borne à dire, sans flatterie et sans malignité, le bien et le mal. Il n'omet aucun fait qui puisse servir à peindre les hommes principaux, et à découvrir les causes des événements; mais il retranche toute dissertation où l'érudition d'un savant veut être étalée. Toute sa critique se borne à donner comme douteux ce qui l'est, et à en laisser la décision au lecteur après lui avoir donné ce que l'histoire lui fournit. L'homme qui est plus savant qu'il n'est historien, et qui a plus de critique que de vrai génie, n'épargne à son lecteur aucune date, aucune circonstance superflue, aucun fait sec et détaché; il suit son goût sans consulter celui du

agréables que pour un petit nombre d'esprit déliés : il faut au public des traits plus marqués. De plus, ces ridicules si délicats ne peuvent guère fournir des personnages de théâtre : un défaut presque imperceptible n'est guère plaisant. Il faut des ridicules forts, des impertinences dans lesquelles il entre de la passion, qui soient propres à l'intrigue. » *Correspondance*, 1745.

[1] « Le bon historien, etc. » Lucien a fait un traité sur la manière d'écrire l'histoire, dans lequel cette pensée de Fénelon est longuement développée et présentée sous plusieurs formes. Il recommande à l'historien d'être ἄπολις, sans patrie, c'est-à-dire de n'avoir de prédilection pour aucun pays, pas même pour le sien. « Il ne faut pas « écrire pour son temps, rechercher les éloges et l'estime de ses con- « temporains ; il faut arrêter sa pensée sur l'avenir, et composer une « histoire pour la postérité. C'est à elle qu'il faut demander la récom- « pense de son ouvrage ; qu'elle puisse dire un jour : Sans doute cet « historien fut un homme libre, à la parole franche et sincère; il n'y « avait en lui rien d'un flatteur, rien d'un esclave : en tout il suit la vé- « rité ! L'homme sage ne doit pas mettre ses espérances dans un pré- « sent qui passe si rapidement. » Et plus loin : « Il faut écrire l'histoire « avec la vérité pure pour l'enseignement de la postérité, plutôt qu'a- « vec des flatteries pour le plaisir de quelques contemporains qu'on « célèbre. »

[2] « L'historien françois doit se rendre neutre, etc. » L'impartialité absolue, que Fénelon exige de l'*historien françois*, nous semble impossible : l'historien doit sans doute rendre justice aux étrangers ; mais il est évident qu'il louera *moins volontiers* Talbot que Duguesclin. Cette impartialité est celle de Froissard ; on l'en a blâmé avec raison.

public ; il veut que tout le monde soit aussi curieux que
lui des minuties vers lesquelles il tourne son insatiable
curiosité. Au contraire, un historien sobre et discret laisse
tomber les menus faits qui ne mènent le lecteur à aucun
but important. Retranchez ces faits, vous n'ôtez rien à
l'histoire : ils ne font qu'interrompre, qu'allonger, que
faire une histoire, pour ainsi dire, hachée en petits morceaux, et sans aucun fil de vive narration. Il faut laisser
cette superstitieuse exactitude aux compilateurs. Le grand
point est de mettre d'abord le lecteur dans le fond des
choses, de lui en découvrir les liaisons, et de se hâter de
le faire arriver au dénoûment. L'histoire doit en ce point
ressembler un peu au poëme épique[1] :

> Semper ad eventum festinat, et in medias res,
> Non secus ac notas, auditorem rapit ; et quæ
> Desperat tractata nitescere posse, relinquit[2].

Il y a beaucoup de faits vagues qui ne nous appren-
nent que des noms et des dates stériles : il ne vaut guère
mieux savoir ces noms que les ignorer. Je ne connois point
un homme en ne connoissant que son nom. J'aime mieux
un historien peu exact et peu judicieux, qui estropie les
noms, mais qui peint naïvement tout le détail, comme
Froissard[3], que les historiens qui me disent que Charlemagne tint son parlement à Ingelheim, qu'ensuite il

---

[1] « L'histoire doit en ce point ressembler, etc. » C'est aussi l'opinion de
M. Augustin Thierry : « Il faut descendre jusqu'au siècle de Froissard
« pour trouver un narrateur qui égale Grégoire de Tours dans l'art de
« mettre en scène des personnages et de peindre par le dialogue. Tout
« ce que la conquête de la Gaule avait mis en regard ou en opposition
« sur le même sol, les races, les classes, les conditions diverses, figu-
« rent pêle-mêle dans ses récits, quelquefois plaisants, souvent tragi-
« ques, toujours vrais et animés. C'est comme une galerie mal arrangée
« de tableaux et de figures en relief ; ce sont de vieux chants nationaux,
« écourtés, semés sans liaison, mais capables de s'ordonner ensemble
« et de former un poëme, si ce mot, dont nous abusons trop aujour-
« d'hui, peut être appliqué à l'histoire. » (*Récits mérovingiens*, préface.)

[2] Hor., *de Art. poet.*, v. 148-150.

> Le poëte d'abord de son sujet s'empare ;
> Il nous jette au milieu des grands événements,
> Et nous suppose instruits de leurs commencements ;
> Il bannit avec soin de son heureux ouvrage
> Ce qu'il ne peut parer des grâces du langage.   DARU.

[3] Froissard (Jean), auteur d'une histoire très-détaillée de tous
les événements arrivés de son temps en Europe, et intitulée : *Chro-
nique de France, d'Angleterre, d'Ecosse, d'Espaigne, de Bretaigne*, etc.,
depuis l'an 1326 jusqu'à l'an 1400. Il a fait quelques poésies gra-

partit, qu'il alla battre les Saxons, et qu'il revint à Aix-la-Chapelle ; c'est ne m'apprendre rien d'utile. Sans les circonstances, les faits demeurent comme décharnés : ce n'est que le squelette d'une histoire[1].

La principale perfection d'une histoire consiste dans l'ordre et dans l'arrangement. Pour parvenir à ce bel ordre, l'historien doit embrasser et posséder toute son histoire ; il doit la voir tout entière comme d'une seule vue ; il faut qu'il la tourne et qu'il la retourne de tous les côtés jusqu'à ce qu'il ait trouvé son vrai point de vue. Il faut en montrer l'unité, et tirer, pour ainsi dire, d'une seule source tous les principaux événements qui en dépendent : par là il instruit utilement son lecteur, il lui donne le plaisir de prévoir, il l'intéresse, il lui met devant les yeux un système des affaires de chaque temps, il lui débrouille ce qui en doit résulter, il le fait raisonner sans lui faire aucun raisonnement, il lui épargne beaucoup de redites, il ne le laisse jamais languir, il lui fait même une narration facile à retenir par la liaison des faits. Je répète sur l'histoire l'endroit d'Horace qui regarde le poëme épique :

> Ordinis hæc virtus erit et venus, aut ego fallor,
> Ut jam nunc dicat jam nunc debentia dici,
> Pleraque differat, et præsens in tempus omittat [2].

cieuses. Né à Valenciennes en 1333, il mourut à Chimay en 1402. — « J'aime les historiens ou fort simples, ou excellents : les simples qui n'ont point de quoy y mesler quelque chose du leur, et qui n'y apportent que le soing et la diligence de ramasser tout ce qui vient à leur notice, et d'enregistrer, à la bonne foy, toutes choses sans choix et sans triage, nous laissent le jugement entier pour la cognoissance de la vérité : tel est entr'aultres, pour exemple, le bon Froissard, qui a marché, en son entreprinse, d'une si franche naïveté... qui nous représente la diversité mesme des bruits qui couroient, et ces différents rapports qu'on luy faysoit ; c'est la matière de l'histoire nue et informe ; chascun en peult faire son proufit, autant qu'il a d'entendement. » MONTAIGNE, *Essais*, II, c. x.

[1] « Ce n'est que le squelette de l'histoire. » Voici un passage tiré de ces historiens qui font le *squelette de l'histoire* : c'est le récit de ce que fit Charlemagne dans l'année 770. « Le roi Charles tint l'assemblée gé-
« nérale du peuple à Worms. La reine Bertrade, mère des rois, eut
« une entrevue à Saltz avec Carloman, le plus jeune, pour y traiter de
« la paix, et partit pour l'Italie. Après y avoir terminé l'affaire qu'elle
« avait entreprise, et adoré le Seigneur dans le temple des saints apô-
« tres, elle retourna en France auprès de ses fils. Charles célébra la
« solennité de Noël à Mayence, et celle de Pasques à Merstall etc. »
(*Annales d'Eginhard*.)

[2] *De Art. poet.*, v. 42-44. — Voyez la traduction, page 24, note 3.

Un sec et triste faiseur d'annales ne connoît point d'autre ordre que celui de la chronologie : il répète un fait toutes les fois qu'il a besoin de raconter ce qui tient à ce fait ; il n'ose ni avancer ni reculer aucune narration. Au contraire, l'historien qui a un vrai génie choisit sur vingt endroits celui où un fait sera mieux placé pour répandre la lumière sur tous les autres. Souvent un fait montré par avance de loin débrouille tout ce qui le prépare. Souvent un autre fait sera mieux dans son jour étant mis en arrière ; en se présentant plus tard, il viendra plus à propos pour faire naître d'autres événements. C'est ce que Cicéron compare au soin qu'un homme de bon goût prend pour placer de bons tableaux dans un jour avantageux : *Videtur tanquam tabulas bene pictas collocare in bono lumine* [1].

Ainsi un lecteur habile a le plaisir d'aller sans cesse en avant sans distraction, de voir toujours un événement sortir d'un autre, et de chercher la fin, qui lui échappe pour lui donner plus d'impatience d'y arriver. Dès que sa lecture est finie, il regarde derrière lui, comme un voyageur curieux, qui étant arrivé sur une montagne, se tourne, et prend plaisir à considérer de ce point de vue tout le chemin qu'il a suivi et tous les beaux endroits qu'il a traversés.

Une circonstance bien choisie, un mot bien rapporté, un geste qui a rapport au génie [2] ou à l'humeur [3] d'un homme, est un trait original et précieux dans l'histoire : il vous met devant les yeux cet homme tout entier. C'est ce que Plutarque et Suétone ont fait parfaitement ; c'est ce qu'on trouve avec plaisir dans le cardinal d'Ossat [4] : vous croyez voir Clément VIII qui lui parle tantôt à cœur ouvert et tantôt avec réserve.

---

[1] *De Claris oratoribus*, c. LXXV.

[2] « Génie. » Ce mot se prenait souvent dans le sens de caractère.

[3] « Humeur. » Ce mot regrettable s'employait pour désigner ce qu'il y a de variable et de capricieux dans le caractère.

[4] « Le cardinal d'Ossat. » Voici un petit discours de Clément VIII à ses cardinaux, qu'il avait assemblés pour délibérer sur la demande d'absolution que faisait Henri IV. « Et le mercredi ensuivant, second jour « du mois d'Aoust, notre saint Père assembla tous les cardinaux en une « congrégation générale, et leur proposa ledit affaire ; leur déduisant « tout ce qui s'y étoit passé depuis le commencement de son pontificat « jusques à ce jour-là : et leur contant toutes les rigueurs qu'il y avoit « semées, et comme elles n'avoient de rien servi, étant le roi toujours « allé en prospérant, et s'establissant au royaume, nonobstant toute la

Un historien doit retrancher beaucoup d'épithètes superflues et d'autres ornements du discours : par ce retranchement, il rendra son histoire plus courte, plus vive, plus simple, plus gracieuse. Il doit inspirer par une pure narration la plus solide morale, sans moraliser : il doit éviter les sentences comme de vrais écueils. Son histoire sera assez ornée pourvu qu'il y mette avec le véritable ordre, une diction claire, pure, courte et noble. *Nihil est in historia*, dit Cicéron, *pura et illustri brevitate dulcius*[1]. L'histoire perd beaucoup à être parée. Rien n'est plus digne de Cicéron que cette remarque sur les Commentaires de César : « Commentarios quosdam scripsit rerum sua- « rum, valde quidem probandos : NUDI enim sunt, recti et « venusti, omni ornatu orationis tanquam veste detracta. « Sed dum voluit alios habere parata unde sumerent qui « vellent scribere historiam, INEPTIS gratum fortasse fecit, « qui volunt illa calamistris inurere, sanos quidem homi- « nes a scribendo deterruit[2]. » Un bel esprit méprise une histoire *nue* : il veut l'habiller, l'orner de broderie, et la *friser*. C'est une erreur, *ineptis*. L'homme judicieux, et d'un goût exquis désespère d'ajouter rien de beau à cette nudité si noble et si majestueuse.

« résistance qu'on luy avoit peu faire ; que sa sainteté s'étant enfin
« laissé entendre à monsieur le cardinal de Gondy, qu'elle écouteroit
« celui qui seroit envoyé de nouveau ; le roi avoit envoyé monsieur Du
« Perron, qui lui avoit porté deux lettres de Sa Majesté, dont l'une étoit
« de sa main, et présenté la requeste par escrit ; que c'estoit la plus
« grande affaire que le sainct siége eust eu depuis plusieurs centaines
« d'années ; qu'il les prioit, exhortoit, et conjuroit d'y vouloir bien
« penser, et mettre à part toutes sortes de passions et intérests hu-
« mains, et ne regarder qu'à l'honneur de Dieu, à la conservation et
« amplification de la religion catholique, et au bien commun de toute
« la chrétienté ; qu'ils se souvinssent qu'il ne s'agissoit icy d'un homme
« privé, qu'on tient en prison, mais d'un très-grand et très-puissant
« prince, qui commandoit à des armées et à plusieurs peuples ; et qu'il
« ne falloit pas tant regarder à sa personne, comme à tout le royaume
« qui le suivoit et dépendoit de luy ; ny tenir si grande rigueur, en ab-
« solvant des censures, comme en absolvant des péchés. » (*Lettre* XIX,
aoust 1595.)

[1] *De Claris oratoribus*, c. LXXV.

[2] *Ibid.* « Il a écrit des mémoires excellents ; le style en est simple,
« pur, gracieux, et dépouillé de toute pompe de langage ; c'est une
« beauté sans parure. En voulant fournir des matériaux aux historiens
« futurs, il a peut-être fait plaisir à de petits esprits qui seront tentés
« de charger d'ornements frivoles ces grâces naturelles ; mais pour les
« gens sensés il leur a ôté à jamais l'envie d'écrire. » Trad. de BUR-
NOUF.

Le point le plus nécessaire et le plus rare pour un historien, est qu'il sache exactement la forme du gouvernement et le détail des mœurs de la nation dont il écrit l'histoire, pour chaque siècle. Un peintre qui ignore ce qu'on nomme *il costume* ne peint rien avec vérité. Les peintres de l'école lombarde, qui ont d'ailleurs si naïvement représenté la nature, ont manqué de science en ce point [1] : ils ont peint le grand-prêtre des Juifs comme un pape, et les Grecs de l'antiquité comme les hommes qu'ils voyoient en Lombardie. Il n'y auroit néanmoins rien de plus faux et de plus choquant que de peindre les François du temps de Henri II avec des perruques et des cravates, ou de peindre les François de notre temps avec des barbes et des fraises. Chaque nation a ses mœurs très-différentes de celles des peuples voisins. Chaque peuple change souvent pour ses propres mœurs. Les Perses, pendant l'enfance de Cyrus, étoient aussi simples que les Mèdes leurs voisins étoient mous et fastueux [2]. Les Perses prirent dans la suite cette mollesse et cette vanité. Un historien montreroit une ignorance grossière s'il représentoit les repas de Curius ou de Fabricius comme ceux de Lucullus ou d'Apicius. On riroit d'un historien qui parleroit de la magnificence de la Cour des rois de Lacédémone, ou de celle de Numa. Il faut peindre la puissante et heureuse pauvreté des anciens Romains.

> Parvoque potentem, etc [3].

Il ne faut pas oublier combien les Grecs étoient encore simples et sans faste du temps d'Alexandre, en comparaison des Asiatiques : le discours de Caridème à Darius le fait assez voir [4]. Il n'est point permis de représenter la maison très-simple où Auguste vécut quarante ans [5], avec la maison d'or que Néron fit faire bientôt après [6] :

---

[1] « Les peintres de l'école Lombarde, etc. » Dans le tableau des *Noces de Cana*, peint par Paul Véronèse, peintre de l'école vénitienne, tous les personnages, qui sont des *portraits*, portent le costume du seizième siècle.

[2] XÉNOPHON, *Cyropédie*, liv. I, c. 2, etc.

[3] VIRG., *Æneid.*, lib. VI, v. 842.

[4] QUINT.-CURT., lib. III, c. 2.

[5] Voyez plus haut. Sect. VI, p. 63. 64.

[6] « Avec la maison d'or que Néron, etc. » « Il bâtit une nouvelle
« maison qu'il appela *la maison d'or*. Pour en faire connaître l'éten-
« due et la magnificence, il suffira de dire que dans le vestibule, la sta-
« tue colossale de Néron s'élevait de cent vingt pieds de haut ; que les
« portiques à trois rangs de colonnes avaient un mille de longueur ;

Roma domus fiet : Veios migrate, Quirites,
Si non et Veios occupat ista domus [1].

Notre nation ne doit point être peinte d'une façon uniforme [2] : elle a eu des changements continuels. Un historien qui représentera Clovis environné d'une Cour polie, galante et magnifique, aura beau être vrai dans les faits particuliers ; il sera faux pour le fait principal des mœurs de toute la nation [3]. Les Francs n'étoient alors qu'une troupe errante et farouche, presque sans lois et sans police, qui ne faisoit que des ravages et des invasions : il ne faut pas confondre les Gaulois polis [4] par les Romains avec ces Francs si barbares. Il faut laisser voir un rayon de politesse naissante sous l'empire de Charlemagne [5]; mais

« qu'elle enfermait dans son enceinte un étang qui ressemblait à une
« mer ; des édifices qui paraissaient former une grande ville, des cam-
« pagnes, des champs, des vignes, des pâturages, des forêts remplies de
« troupeaux et de bêtes fauves. L'intérieur était doré partout, et orné
« de diamants et de nacre de perle. Le plafond de ses salles à manger
« était formé de tables d'ivoire mobiles, qui répandaient sur les con-
« vives des fleurs et des parfums. Sa principale salle à manger avait un
« dôme, qui tournant le jour et la nuit, imitait le mouvement du
« monde : il avait aussi des réservoirs d'eau de mer et d'eau de l'Al-
« bula. * » SUÉTONE, *Vie de Néron* c. 31. Trad. de LA HARPE.

[1] SUET., *Nero.*, 39. « Rome va être engloutie par une seule maison ;
« Romains, retirez-vous à Veïes ; pourvu néanmoins que cette maison
« n'envahisse pas aussi Veïes. »

[2] « Ne doit pas être peinte d'une façon uniforme. » C'est pourtant
ce qu'a fait Velly, l'*agréable* Velly, comme Villaret l'appelait de bonne
foi, sans se douter que cet éloge était une critique. Pour donner
une idée de son goût, il suffit de citer la phrase suivante : l'émir
Bondochar parle « *de ces vils esclaves plus propres à briller dans
« l'obscurité des tavernes et des ruelles que dans les nobles champs
« du Dieu Mars.* »

[3] « Des mœurs de toute la nation. » M. Augustin Thierry a développé
ces réflexions judicieuses dans ses quatre premières *Lettres sur l'Histoire de France*.

[4] « Les Gaulois polis, etc. » L'auteur des *Récits mérovingiens* a su
peindre les différences des deux civilisations romaine et franque, et
même les nuances diverses qu'offre leur mélange, au moment où elles
se confondent.

[5] « Sous l'empire de Charlemagne. » On voit par une lettre de Fénelon à M. de Beauvilliers (1695), qu'il avait écrit une histoire de Charlemagne ; elle est perdue. Toute la lettre est curieuse : nous en citerons seulement la fin. « Les historiens originaux de cette Vie ne savent
« ni raconter, ni choisir les faits, ni les lier ensemble, ni montrer l'en-
« chaînement des affaires ; de façon qu'ils ne nous ont laissé que des
« faits vagues, dépouillés de toutes les circonstances qui peuvent frap-
« per et intéresser le lecteur ; enfin, entrecoupés et pleins d'une en-
« nuyeuse uniformité, etc. »

* Source sulfureuse froide, située près de Tibur.

elle doit s'évanouir d'abord[1]. La prompte chute de sa maison replongea l'Europe dans une affreuse barbarie. Saint Louis fut un prodige de raison et de vertu[2] dans un siècle de fer. A peine sortons-nous de cette longue nuit. La résurrection des lettres et des arts a commencé en Italie, et a passé en France fort tard. La mauvaise subtilité du bel esprit en a retardé le progrès.

Les changements dans la forme du gouvernement d'un peuple doivent être observés de près. Par exemple, il y avoit d'abord chez nous des terres *saliques*[3] distinguées des autres terres, et destinées aux militaires de la nation[4]. Il ne faut jamais confondre les comtés *bénéficiaires* du temps de Charlemagne[5], qui n'étoient que des emplois person-

[1] « S'évanouir d'abord. » « Les règnes malheureux qui suivirent ce-
« lui de Charlemagne replongèrent les nations victorieuses dans les
« ténébres dont elles étaient sorties : on ne sut plus ni lire ni écrire. »
MONTESQUIEU, *de l'Esprit des Lois*, liv. XXVIII, c. XI.

[2] « De raison et de vertu, etc. » Voltaire a jugé Saint-Louis comme
Fénelon : « Louis IX paraissait un prince destiné à réformer l'Europe,
« si elle avait pu l'être ; à rendre la France triomphante et policée, et
« à être en tout le modèle des hommes. Sa piété, qui était celle d'un
« anachorète, ne lui ôta aucune vertu de roi. Une sage économie ne
« déroba rien à sa libéralité. Il sut accorder une politique profonde
« avec une justice exacte, et peut-être est-il le seul souverain qui mé-
« rite cette louange : prudent et ferme dans le conseil, intrépide dans
« les combats sans être emporté, compatissant comme s'il n'avait ja-
« mais été que malheureux. Il n'est pas donné à l'homme de porter
« plus loin la vertu. » *Essai sur les Mœurs*, c. LVIII.

[3] « Terres saliques, etc. » « Nous savons, par Tacite et César, que les
« terres que les Germains cultivaient ne leur étaient données que pour
« un an, après quoi elles redevenaient publiques. Ils n'avaient de pa-
« trimoine que la maison, et un morceau de terre dans l'enceinte au-
« tour de la maison. C'est ce patrimoine particulier qui appartenait aux
« mâles. En effet, pourquoi aurait-il appartenu aux filles ? Elles pas-
« saient dans une autre maison... La terre salique était donc cette en-
« ceinte qui dépendait de la maison du Germain ; c'était la seule pro-
« priété qu'il eût. Les Francs, après la conquête, acquirent de nou-
« velles propriétés, et on continua à les appeler des terres saliques. »
MONTESQUIEU, *de l'Esprit des Lois*, liv. XVIII, c. XXII. — Sur cette question des *terres saliques*, voyez encore DUCANGE, *Glossaire, sala, terra
salica* : M. GUIZOT, *Essais sur l'Histoire de France*, 4e essai.

[4] « Destinées aux militaires. » Fénélon semble croire qu'il y avait
une classe spécialement chargée de défendre le pays, une sorte de mi-
lice que l'Etat aurait récompensée de ses services en lui donnant des
terres. Il n'y avait rien de tout cela chez les Francs : tous, ou à peu
près, étaient guerriers. Les terres dont ils étaient en possession, ils
les avaient acquises eux-mêmes, et gardées par droit de conquête.

[5] « Les comtés bénéficiaires. » Il y a ici une contradiction. Les
comtés dont Fénelon parle en premier lieu n'étaient que des emplois
personnels, des fonctions administratives données par le Roi. Il ne faut

nels, avec les comtés *héréditaires*, qui devinrent sous ses successeurs des établissements de familles. Il faut distinguer les Parlements de la seconde race, qui étoient les assemblées de la nation, d'avec les divers Parlements établis par les rois de la troisième race dans les provinces pour juger les procès des particuliers. Il faut connoître l'origine des fiefs, le service des feudataires, l'affranchissement des serfs, l'accroissement des communautés, l'élévation du tiers-état, l'introduction des clercs-praticiens pour être les conseillers des nobles peu instruits des lois, et l'établissement des troupes à la solde du roi pour éviter les surprises des Anglois établis au milieu du royaume. Les mœurs et l'état de tout le corps de la nation ont changé d'âge en âge[1]. Sans remonter plus haut, le changement des mœurs est presque incroyable depuis le règne de Henri IV. Il est cent fois plus important d'observer ces changements de la nation entière, que de rapporter simplement des faits particuliers.

Si un homme éclairé s'appliquoit à écrire sur les règles de l'histoire, il pourroit joindre les exemples aux préceptes; il pourroit juger des historiens de tous les siècles; il pourroit remarquer qu'un excellent historien est peut-être encore plus rare qu'un grand poëte[2].

donc pas les appeler *bénéficiaires*. Le mot bénéficiaires emporte l'idée de propriété et de souveraineté territoriale. (Voy. Montesquieu, Guizot.)

[1] « Tout le corps de la nation. » Fénelon avait raison, et c'est un mérite pour un auteur du dix-septième siècle, d'appeler de ses vœux la solution de ces grandes questions, les plus intéressantes de notre histoire. Longtemps encore les historiens n'en soupçonnèrent pas l'importance. Voltaire s'en plaint souvent. « Je suis las, dit-il, des histoires où « il n'est question que des aventures d'un Roi, comme s'il existait seul, « ou que rien n'existât que par rapport à lui ; en un mot c'est encore plus « d'un grand siècle que d'un grand roi que j'écris l'histoire » (*l'Hist. du siècle de Louis XIV.* Lettre à M. Hervey.) Et autre part : « Si j'avais de la « santé, et si je pouvais me flatter de vivre, je voudrais écrire une histoire « de France à ma mode. J'ai une drôle d'idée dans ma tête, c'est qu'il n'y a « que des gens qui ont fait des tragédies qui puissent jeter quelque intérêt « dans notre histoire sèche et barbare. Mézeray et Daniel m'ennuient ; « c'est qu'ils ne savent ni peindre ni remuer les passions. Il faut dans « une histoire comme dans une pièce de théâtre exposition, nœud et « dénoûment. — Encore une autre idée. On n'a fait que l'histoire des « rois, mais on n'a point fait celle de la nation. Il semble que pendant « quatorze cents ans, il n'y ait eu dans les Gaules que des rois, des « ministres et des généraux ; mais nos mœurs, nos lois, nos coutumes, « notre esprit, ne sont-ils rien ? » *Janvier*, 1740.

[2] « Plus rare qu'un grand poëte. » Pourquoi? C'est que presque toujours l'histoire n'a été bien écrite que par ceux qui ont été mêlés aux

Hérodote, qu'on nomme le père de l'histoire, raconte parfaitement; il a même de la grâce par la variété des matières : mais son ouvrage est plutôt un recueil de relations de divers pays, qu'une histoire qui ait de l'unité avec un véritable ordre.

Xénophon n'a fait qu'un journal dans sa *Retraite des dix-mille* : tout y est précis et exact, mais uniforme. Sa *Cyropédie* est plutôt un roman de philosophie, comme Cicéron l'a cru, qu'une histoire véritable.

Polybe est habile dans l'art de la guerre et dans la politique; mais il raisonne trop, quoiqu'il raisonne très-bien. Il va au delà des bornes d'un simple historien : il développe chaque événement dans sa cause; c'est une anatomie exacte. Il montre par une espèce de mécanique qu'un tel peuple doit vaincre un tel autre peuple, et qu'une telle paix faite entre Rome et Carthage ne sauroit durer.

Thucydide et Tite-Live ont de très-belles harangues; mais, selon les apparences, ils les composent au lieu de les rapporter. Il est très-difficile qu'ils les aient trouvées telles dans les originaux du temps. Tite-Live savoit beaucoup moins exactement que Polybe la guerre de son siècle.

Salluste a écrit avec une noblesse et une grâce singulières : mais il s'est trop étendu en peintures des mœurs et en portraits des personnes dans deux histoires très-courtes.

Tacite montre beaucoup de génie, avec une profonde connoissance des cœurs les plus corrompus : mais il affecte trop une brièveté mystérieuse; il est trop plein de tours poétiques[1] dans ses descriptions; il a trop d'esprit; il raffine trop; il attribue aux plus subtils ressorts de la politique ce qui ne vient souvent que d'un mécompte, que d'une humeur bizarre, que d'un caprice[2]. Les plus grands

événements, Xénophon, César, Salluste, Tacite, Machiavel, Commines, Napoléon, etc. « En tout art et en toute science où il s'agit de la pra-« tique, ceux qui n'ont qu'une pure spéculation ne sauroient bien « écrire. » FÉNELON, *Lettres spirituelles*, 8.

[1] « De tours poétiques. » On trouve dans la *Germanie* des fragments de vers, et un vers entier (c. XXXIX).

    . . . . Silvam
uguriis patrum et prisca formidine sacram.

[2] « Que d'un caprice. » « L'histoire attribue presque toujours aux « individus comme aux gouvernements plus de combinaisons qu'ils n'en « ont eu. » Mme DE STAEL. Et Napoléon, qui devait encore mieux s'y connaître, a dit : « Tacite qui est un grand esprit n'est pas du tout le

événements sont souvent causés par les causes les plus méprisables. C'est la foiblesse, c'est l'habitude, c'est la mauvaise honte, c'est le dépit, c'est le conseil d'un affranchi qui décide, pendant que Tacite creuse pour découvrir les plus grands raffinements dans les conseils de l'empereur. Presque tous les hommes sont médiocres et superficiels pour le mal comme pour le bien. Tibère, l'un des plus méchants hommes que le monde ait vus, étoit plus entraîné par ses craintes, que déterminé par un plan suivi.

D'Avila[1], se fait lire avec plaisir; mais il parle comme s'il étoit entré dans les conseils les plus secrets. Un seul homme ne peut jamais avoir eu la confiance de tous les partis opposés. De plus, chaque homme avoit quelque secret qu'il n'avoit garde de confier à celui qui a écrit l'histoire. On ne sait la vérité que par morceaux. L'historien qui veut m'apprendre ce que je vois qu'il ne peut pas savoir, me fait douter sur les faits mêmes qu'il sait.

Cette critique des historiens anciens et modernes seroit très-utile et très-agréable, sans blesser aucun auteur vivant.

IX. Réponse à une objection sur ces divers Projets.

Voici une objection qu'on ne manquera pas de me faire L'Académie, dira-t-on, n'adoptera jamais ces divers ouvrages sans les avoir examinés. Or, il n'est guère vraisemblable qu'un auteur, après avoir pris une peine infinie, veuille soumettre tout son ouvrage à la correction d'une nombreuse assemblée, où les avis seront peut-être partagés. Il n'y a donc guère d'apparence que l'Académie adopte ces ouvrages.

Ma réponse est courte. Je suppose que l'Académie

« modèle de l'histoire et des historiens. Parce qu'il est profond, lui, il
« prête des desseins profonds à tout ce qu'on fait et à tout ce qu'on dit.
« Mais il n'y a rien de plus rare que des desseins. »

[1] « D'Avila. » Il y a deux historiens du nom de d'Avila ; l'un, don Louis d'Avila y Zuniga, grand commandeur de l'ordre d'Alcantara, natif de Placentia dans l'Estramadure, écrivit en espagnol les *Commentaires de la guerre d'Allemagne* faite par Charles-Quint pendant les années 1546 et 1547. L'autre, Henri-Catherin d'Avila, de la même famille que le précédent, né au Sacco, village près de Padoue, venu très-jeune en France, favori de Catherine de Médicis, écrivit une *Histoire des guerres civiles de France*. Il est probable que Fénelon parle ici de l'auteur de l'*Histoire des guerres civiles de France*.

ne les adoptera point. Elle se bornera à inviter les particuliers à ce travail. Chacun d'eux pourra la consulter dans ses assemblées. Par exemple, l'auteur de la Rhétorique y proposera ses doutes sur l'éloquence. Messieurs les académiciens lui donneront leurs conseils, et les opinions pourront être diverses. L'auteur en profitera selon ses vues, sans se gêner.

Les raisonnements qu'on feroit dans les assemblées sur de telles questions pourroient être rédigés par écrit dans une espèce de journal que M. le secrétaire composeroit sans partialité. Ce journal contiendroit de courtes dissertations, qui perfectionneroient le goût et la critique. Cette occupation rendroit Messieurs les académiciens assidus aux assemblées. L'éclat et le fruit en seroient grands dans toute l'Europe.

X. Sur les Anciens et sur les Modernes [1].

Il est vrai que l'Académie pourroit se trouver souvent partagée sur ces questions : l'amour des anciens dans les uns, et celui des modernes dans les autres, pourroit les

---

[1] En 1687, Perrault lut à l'Académie française un poëme intitulé : *le Siècle de Louis le Grand*. Ce poëme, où tous les siècles sont sacrifiés nécessairement au siècle de Louis, fut suivi d'une épître sur l'*excès de joie que Paris témoigna de la convalescence de Sa Majesté*. Voici les premiers vers de cette épître :

> Oui, ton siècle, GRAND ROI, ton siècle plein de gloire
> Sur les siècles passés remporte la victoire,
> Et du fameux combat qui s'élève sur eux
> Il ne doit qu'à *toi seul* tout le succès heureux ;
> Il vient donc à tes pieds remettre la couronne
> Que de ces fiers rivaux la défaite lui donne, etc.

Le reste est dans le même goût. Parmi les grands hommes que Perrault opposait aux anciens, il ne manquait pas de citer Tristan, Godeau, Gombaud, et d'autres célébrités du même genre. Il n'oubliait guère que La Fontaine, Racine, et Boileau : Homère et Platon étaient assez maltraités. Ce poëme causa un grand scandale parmi les partisans des anciens ; ce fut bien pis encore, lorsque, trois ans après, Perrault publia son fameux *Parallèle*. Racine et La Fontaine lui-même protestèrent les premiers ; le prince de Conti somma Boileau de répondre, en le menaçant d'aller écrire sur son fauteuil d'académicien : *Tu dors, Brutus !* Boileau répondit par ses *Réflexions sur Longin*, qui ne sont qu'une longue diatribe contre Perrault : Fontenelle et Lamotte s'enrôlèrent parmi les adversaires des anciens. Cette querelle eut le sort de toutes les querelles ; elle poussa chacun des deux partis jusqu'aux dernières limites de l'exagération. Mme Dacier voulut justifier Homère de tous ces reproches, et rudoya fort brutalement Lamotte, qui continua à défendre ses paradoxes et ses idées fausses dans une prose spirituelle

empêcher d'être d'acord. Mais je ne suis nullement alarmé d'une guerre civile qui seroit si douce, si polie, et si modérée[1]. Il s'agit d'une matière où chacun peut suivre en liberté son goût et ses idées. Cette émulation peut être utile aux lettres. Oserai-je proposer ici ce que je pense là-dessus?

1° Je commence par souhaiter que les modernes surpassent les anciens. Je serois charmé de voir, dans notre siècle et dans notre nation, des orateurs plus véhéments que Démosthène, et des poëtes plus sublimes qu'Homère[2]. Le monde, loin d'y perdre, y gagneroit beaucoup. Les anciens ne seroient pas moins excellents[3] qu'ils l'ont toujours été, et les modernes donneroient un nouvel ornement au genre humain. Il resteroit toujours aux anciens la gloire

et polie, qui valait beaucoup mieux que ses vers. Pour en finir avec Homère, Lamotte le traduisit. Perrault avait prétendu que *le tour des paroles ne fait rien à l'éloquence, qu'on ne doit regarder qu'au sens, qu'on peut mieux juger d'un auteur par son traducteur, quelque mauvais qu'il soit, que par la lecture de l'auteur même.* Si l'on admettait ce principe, que Racine trouvait avec raison d'une *extrême impertinence*, il est certain que l'*Iliade* de Lamotte ferait peu d'honneur à Homère. Le traducteur abrégeait et retranchait sans pitié ce qui lui déplaisait dans le texte; il ajoutait aussi quelques beautés de sa façon. « Il s'avisa, dit Voltaire, de donner de l'esprit à Homère. C'est « lui qui en faisant paraître Achille réconcilié avec les Grecs, prêts à « se venger, fait crier *à tout le camp :*

Que ne vaincra-t-il point? il s'est vaincu lui-même!

« Il faut être bien amoureux du bel esprit pour faire dire une pointe « à cinquante mille hommes.» Ce trait peut faire juger du reste. L'Iliade de Lamotte allait paraître quand Fénelon écrivit sa lettre au secrétaire de l'Académie.

[1] « Si douce, si polie. » Ceci est plutôt un conseil détourné, qu'un compliment mérité, surtout pour les partisans des anciens. Boileau n'était guère poli avec Perrault. Quant à Mme Dacier, femme de l'Académicien à qui cette lettre est adressée, elle n'épargna pas les injures à Lamotte, qui se contenta de répondre : « Je soupçonne que ces savants « ont rapporté cela du commerce récent d'Homère, qui les met har- « monieusement dans la bouche de presque tous ses héros... Les injures « de Mme Dacier ont toute la simplicité des temps héroïques... *Ridi- « cule, impertinence, folie,* etc. Ces beaux mots sont semés dans le « livre de Mme Dacier, comme ces charmantes particules grecques qui « ne signifient rien, mais qui ne laissent pas, à ce qu'on dit, de soutenir « et d'orner les vers d'Homère. » *Réflexions sur la critique.*

[2] «Je serois charmé de voir, etc. » N'y a-t-il pas dans ce paragraphe une légère ironie? Fénelon n'a pas l'air d'espérer bien sérieusement des *orateurs plus véhéments que Démosthène, des poëtes plus sublimes qu'Homère.*

[3] « Moins excellents. » Le mot *excellent* a plus de valeur aujourd'hui qu'il n'en avait alors; il équivaut à un superlatif, et n'admet pas

d'avoir commencé, d'avoir montré le chemin aux autres, et de leur avoir donné de quoi enchérir sur eux.

2° Il y auroit de l'entêtement à juger d'un ouvrage par sa date.

> . . . . . . Et, nisi quæ terris semota suisque
> Temporibus defuncta videt, fastidit et odit.. . . .
> Si, quia Græcorum sunt antiquissima quæque
> Scripta vel optima. . . . .
> Si meliora dies, ut vina, poemata reddit,
> Scire velim pretium chartis quotus arroget annus...
> Qui redit ad fastos, et virtutem æstimat annis,
> Miraturque nihil nisi quod Libitina sacravit...
> Si veteres ita miratur laudatque poetas,
> Ut nihil anteferat, nihil illis comparet, errat
>
> . . . .
> Quod si tam Græcis novitas invisa fuisset
> Quam nobis, quid nunc esset vetus ? aut quid haberet
> Quod legeret tereretque viritim publicus usus[1] ?

Si Virgile n'avoit point osé marcher sur les pas d'Homère, si Horace n'avoit pas espéré de suivre de près Pindare, que n'aurions-nous pas perdu ! Homère et Pindare mêmes ne sont point parvenus tout à coup à cette haute perfection : ils ont eu sans doute avant eux d'autres poëtes qui leur avoient aplani la voie, et qu'ils ont enfin surpassés. Pourquoi les nôtres n'auroient-ils pas la même espérance ? Qu'est-ce qu'Horace ne s'est point promis ?

de degrés de comparaison. On ne dirait plus *moins excellent*, *plus excellent*. On trouve dans le Dictionnaire de Furetière (1701), l'exemple suivant : *Aristote est le plus excellent philosophe des anciens.*

[1] HOR. lib. II, EP. 1, v. 21-22. 28. 29. 34. 35. 48. 49. 64. 65. 90-92.

> Et tout ce qui respire, importunant ses yeux,
> N'obtient de son orgueil que dédains odieux...
> La Grèce eut, il est vrai, des chantres révérés,
> Plus antiques toujours, toujours plus admirés...
> Mais aux vers comme aux vins si le temps donne un prix,
> Faisons donc une loi pour juger les écrits ;
> Sachons précisément quel doit être leur âge,
> Pour obtenir des droits à notre juste hommage...
> . . . . . Un homme, ennemi des vivants,
> Qui juge du mérite en supputant les ans...
> Il s'abuse, s'il croit, admirant nos ancêtres,
> Qu'ils ne peuvent trouver de rivaux ni de maîtres...
> Contre la nouveauté partageant cette envie,
> Si la Grèce moins sage eût eu cette manie,
> Où serait aujourd'hui la docte antiquité ?
> Quels livres charmeraient la triste oisiveté ?   DARU.

> Dicam insigne, recens, adhuc
> Indictum ore alio. . . . . . .
>
> . . . .
>   Nil parvum, aut humili modo,
> Nil mortale loquar [1].
>
> Exegi monumentum ære perennius.
>
> . . . .
> Non omnis moriar, multaque pars mei, etc. [2]

Pourquoi ne laissera-t-on pas dire de même à Malherbe :

> Apollon à portes ouvertes, etc. [3]

3° J'avoue que l'émulation des modernes seroit dangereuse, si elle se tournoit à mépriser [4] les anciens, et à négliger de les étudier. Le vrai moyen de les vaincre est de profiter de tout ce qu'ils ont d'exquis [5], et de tâcher de

[1] *Lib.* III, *Od.* XIX, v. 7. 8. 17. 18, éd. classiq. de M. A. de Wailly. — Tout sera grand, tout sera nouveau dans mes chants : je dirai ce qui n'a point encore été dit... mes chants n'auront rien de faible, rien de vulgaire, rien qui soit d'un mortel.

[2] *Lib.* III, *Od.* XXIV, v. 1. 6. — Je l'ai achevé, ce monument plus durable que le bronze... Je ne périrai pas tout entier, la meilleure partie de moi-même échappera aux Parques...

[3] Liv. III, ode XI, *v.* 141. — Cette citation tronquée a besoin d'être complétée pour devenir intelligible.

> Apollon à portes ouvertes
> Laisse indifféremment cueillir
> Les belles feuilles toujours vertes
> Qui gardent les noms de vieillir.
> Mais l'art d'en faire des couronnes
> N'est pas su de toutes personnes;
> Et trois ou quatre seulement,
> Au nombre desquels on me range,
> Peuvent donner une louange
> Qui demeure éternellement

Malherbe a dit ailleurs :

> Ce que Malherbe écrit dure éternellement.

[4] « Se tournoit à mépriser. » Locution vieillie.

[5] « Ce qu'ils ont d'exquis. » Voici comment un poëte moderne comprenait cette étude féconde de l'antiquité grecque et romaine :

> . . . . . Leurs mœurs et leurs lois et mille autres hasards
> Rendaient leur siècle heureux plus propice aux beaux-arts.
> Eh bien ! l'âme est partout, la pensée a des ailes :
> Volons, volons chez eux retrouver leurs modèles ;
> Voyageons dans leur âge, où, libre, sans détour,
> Chaque homme ose être un homme et penser au grand jour.
> Au tribunal de Mars, sur la pourpre romaine,
> Là du grand Cicéron la vertueuse haine
> Ecrase Céthégus, Catilina, Verrès ;
> Là tonne Démosthène ; ici de Périclès

suivre encore plus qu'eux leurs idées sur l'imitation de la belle nature. Je crierois[1] volontiers à tous les auteurs de notre temps que j'estime et que j'honore le plus :

> Vos exemplaria Græca
> Nocturna versate manu, versate diurna [2].

Si jamais il vous arrive de vaincre les anciens, c'est à eux-mêmes que vous devrez la gloire de les avoir vaincus.

4° Un auteur sage et modeste doit se défier de soi et des louanges de ses amis les plus estimables[3]. Il est naturel que l'amour-propre le séduise un peu, et que l'amitié pousse un peu au delà des bornes l'admiration de ses amis pour ses talents. Que doit-il donc faire si quelque ami, charmé de ses écrits, lui dit :

> Nescio quid majus nascitur Iliade[4]?

Il n'en doit pas moins être tenté d'imiter le grand et sage Virgile. Ce poëte vouloit en mourant brûler son Enéide qui a instruit et charmé tous les siècles[5]. Quiconque a vu, comme ce poëte, d'une vue nette, le grand et le parfait, ne peut se flatter d'y avoir atteint. Rien n'achève de remplir

> La voix, l'ardente voix, de tous les cœurs maîtresse,
> Frappe, foudroie, agite, épouvante la Grèce.....
> Allons voir au théâtre, aux accents d'Euripide,
> D'une sainte folie un peuple furieux
> Chanter : « Amour, tyran des hommes et des dieux ! »
> Puis, ivres des transports qui viennent nous surprendre,
> Parmi nous, dans nos vers, revenons les répandre ;
> Changeons en notre miel leurs plus antiques fleurs.
> Pour peindre notre idée empruntons leurs couleurs ;
> Allumons nos flambeaux à leurs feux poétiques :
> Sur des pensers nouveaux faisons des vers antiques.   André CHÉNIER.

[1] « Je crierois » Expression admirable de vivacité. La Bruyère en a fait un excellent usage dans cette phrase : « Je voudrois qu'il me fût « permis de *crier* de toute ma force à ces hommes saints... »

[1] HOR., *de Art. poet. v.* 268, 269.
> ...... Les Grecs sont nos guides fidèles :
> Feuilletez jour et nuit ces antiques modèles.   DARU.

[2] « Un auteur sage, etc. » Pourquoi ces conseils, excellents sans doute, mais qui auraient pu trouver leur place dans une autre partie de cette lettre, s'ils ne renferment pas une allusion à quelqu'un des héros de cette querelle, à Lamotte, par exemple, qui était avec Fontenelle, le centre de la coterie ennemie des anciens ?

[4] PROPERT. II, *Eleg. ult,* « Il va naître un poëme plus grand que l'*Iliade.*»

[5] « Virgile voulait brûler son *Énéide.* » Racine, après avoir fait *Athalie,* doutait de son chef-d'œuvre, et avait besoin d'être rassuré par Boileau. Un autre poëte, qui, s'il se rendait justice, devait encore être plus souvent agité dans sa conscience littéraire par le sentiment de la perfection idéale, et de son impuissance à la reproduire complètement, Voltaire n'a-t-il pas dit : *Je mourrai sans avoir fait une pièce selon*

son idée, et de contenter toute sa délicatesse [1]. Rien n'est ici bas entièrement parfait :

> . . . . Nihil est ab omni
> Parte beatum [2].

Ainsi quiconque a vu le vrai parfait, sent qu'il ne l'a pas égalé ; et quiconque se flatte de l'avoir égalé, ne l'a pas vu assez distinctement. On a un esprit borné avec un cœur foible et vain, quand on est bien content de soi et de son ouvrage. L'auteur content de soi est d'ordinaire content tout seul :

> Quin sine rivali teque et tua solus amares [3].

Un tel auteur peut avoir de rares talents ; mais il faut qu'il ait plus d'imagination que de jugement et de saine critique. Il faut au contraire, pour former un poëte égal aux anciens, qu'il montre un jugement supérieur à l'imagination la plus vive et la plus féconde. Il faut qu'un auteur résiste à tous ses amis, qu'il retouche souvent ce qui a été déjà applaudi, et qu'il se souvienne de cette règle :

> Nonumque prematur in annum [4].

5° Je suis charmé d'un auteur qui s'efforce de vaincre les anciens. Supposé même qu'il ne parvienne pas à les

---

mon goût. — On disait au sculpteur Duquesnoy : « Voilà votre statue parfaite et terminée. — Vous croyez? dit-il. C'est que vous n'avez pas sous les yeux le modèle que j'ai dans l'esprit. »

[1] « Délicatesse. » Pris ainsi absolument, ce mot était plus usité alors qu'aujourd'hui. On dit *délicatesse de goût, d'esprit.* C'est dans ce sens que La Fontaine a dit :
> Les *délicats* sont malheureux ;
> Rien ne sauroit les satisfaire,

[2] HOR., Lib. II, od. XIII, *v.* 27, 28. Édit. classiq. de M. A. de Wailly. — Fénelon a donné la traduction avant le texte.
> Gaudent scribentes et se venerantur, et ultro,
> Si taceas, laudant quidquid scripsere beati.
>   HORACE, *Épître* II, 2, *v.* 107. 108.

[3] HOR., *de Art. poet. v.* 444. — La Fontaine a imité ce vers, mais sans l'appliquer aux écrivains :
> Un homme qui s'aimoit sans avoir de rivaux.

« La même justesse d'esprit qui nous fait écrire de bonnes choses, « nous fait appréhender qu'elles ne le soient pas assez pour mériter « d'être lues. — Un esprit médiocre croit écrire divinement ; un bon « esprit croit écrire raisonnablement. »
>   LA BRUYÈRE, *des ouvrages de l'esprit.*

[4] HOR., *de Art. poet. v.* 388.
> ...... Que dans un sage oubli
> Votre ouvrage dix ans demeure enseveli.   DARU.

égaler, le public doit louer ses efforts, l'encourager, espérer qu'il pourra atteindre encore plus haut dans la suite, et admirer ce qu'il a déjà d'approchant des anciens modèles :

> ... Feliciter audet [1].

Je voudrois que tout le Parnasse le comblât d'éloges :

> Proxima Phœbi
> Versibus ille facit [2].

Pastores, hedera crescentem ornate poetam [3].

Plus un auteur consulte avec défiance de soi sur un ouvrage qu'il veut encore retoucher, plus il est estimable :

> ..... Hæc quæ Varo, necdum perfecta, canebat [4].

J'admire un auteur qui dit de lui-même ces belles paroles :

> Nam neque adhuc Varo videor nec dicere Cinna
> Digna, sed argutos inter strepere anser olores [5].

Alors je voudrois que tous les partis se réunissent pour le louer :

> Utque viro Phœbi chorus assurrexerit omnis [6].

Si cet auteur est encore mécontent de soi, quoique le public en soit très-content, son goût et son génie sont au-dessus de l'ouvrage même pour lequel il est admiré[7].

---

[1] HOR., II, *Ep.* 1, *v.* 166. — Il ose heureusement.

[2] VIRG. *Eclog.* VII, *v.* 22, 23. — Ses chants approchent de ceux d'Apollon.

[3] VIRG. *Eclog.* VII, *v.* 25.

> Bergers arcadiens, du lierre pâlissant
> Venez ceindre le front d'un poëte naissant.   TISSOT.

[4] VIRG. *Eclog.* IX, *v.* 26. — Ces vers imparfaits qu'il chantait à Varus.

[5] VIRG. *Eclog.* IX, *v.* 35, 36. — Je n'ai rien fait encore qui me semble digne de Varus et de Cinna ; je viens, comme l'oie criarde, me mêler aux cygnes harmonieux.

[6] VIRG. *Eclog.* VI, *v.* 66.

> Que, du chantre inspiré saluant le génie,
> Toute la cour du dieu se lève réunie.   MILLEVOYE.

On sait que tout le peuple, réuni au théâtre, rendit un jour à Virgile cet hommage éclatant.

[7]   Un sot, en écrivant, fait tout avec plaisir :
> Il n'a point en ses vers l'embarras de choisir ;
> Et, toujours amoureux de ce qu'il vient d'écrire,
> Ravi d'étonnement, en soi-même il s'admire.
> Mais un esprit sublime en vain veut s'élever
> A ce degré parfait qu'il tâche de trouver ;

6° Je ne crains pas de dire que les anciens les plus parfaits ont des imperfections : l'humanité[1] n'a permis en
aucun temps d'atteindre à une perfection absolue. Si j'étois
réduit à ne juger des anciens que par ma seule critique,
je serois timide en ce point. Les anciens ont un grand
avantage : faute de connoître parfaitement leurs mœurs,
leur langue, leur goût, leurs idées, nous marchons à tâ-
tons en les critiquant : nous aurions été peut-être plus
hardis censeurs contre eux, si nous avions été leurs contemporains[2]. Mais je parle des anciens sur l'autorité des
anciens mêmes. Horace, ce critique si pénétrant, et si
charmé d'Homère, est mon garant, quand j'ose soutenir
que ce grand poëte s'assoupit un peu quelquefois dans un
long poëme :

> . . . Quandoque bonus dormitat Homerus :
> Verum operi longo fas est obrepere somnum[3].

Veut-on, par une prévention manifeste, donner à l'antiquité
plus qu'elle ne demande, et condamner Horace pour soutenir, contre l'évidence du fait, qu'Homère n'a jamais aucune inégalité[4]?

7° S'il m'est permis de proposer ma pensée, sans vouloir contredire celle des personnes plus éclairées que moi,

Et, toujours mécontent de ce qu'il vient de faire,
Il plaît à tout le monde et ne sauroit se plaire.
BOILEAU, *Sat.* II, ed. classiq. annotée, de M. J. Travers.

« Voilà la plus belle vérité que vous ayez jamais dite, » s'écria Molière,
quand son ami lui lut ces vers ; « je ne suis pas du nombre de ces es-
« prits sublimes dont vous parlez ; mais tel que je suis, je n'ai rien fait
« en ma vie dont je sois véritablement content. »

[1] « L'humanité. » La faiblesse humaine.

[2] « Si nous avions été leurs contemporains. » Fénelon fait ici une
concession un peu forte aux adversaires des anciens. Il est à croire
qu'une connaissance plus parfaite des mœurs, de la langue, des idées
des anciens, nous rendrait au contraire beaucoup plus sensibles à
une foule de traits que nous laissons passer sans en être frappés. Il est
certain que les contemporains d'Horace et de Juvénal trouvaient dans
leurs satires un grand nombre d'allusions piquantes qui n'existent plus
pour nous. Nous avons besoin de faire effort pour lire avec intérêt certains discours de Démosthène ou de Cicéron, tandis que leurs contemporains, agités des mêmes passions, préoccupés d'idées analogues, s'y
intéressaient naturellement. — Beaucoup d'ouvrages de l'antiquité ne
peuvent nous plaire que par le style ; le sujet ne nous touche plus.

[3] HOR., *de Art. poet. v.* 359, 360. — Parfois le divin Homère sommeille ; mais dans un si long ouvrage, le sommeil peut bien se glisser
quelquefois.

[4] « Aucune inégalité. » On peut s'étonner que Fénelon ait besoin

j'avouerai qu'il me semble voir divers défauts dans les anciens les plus estimables. Par exemple, je ne puis goûter les chœurs dans les tragédies[1]; ils interrompent la vraie action[2]. Je n'y trouve point une exacte vraisemblance, parce que certaines scènes ne doivent point avoir une troupe de spectateurs[3]. Les discours du chœur sont sou-

de s'appuyer sur l'autorité d'Horace, pour oser convenir qu'Homére n'est pas sans défauts. Mais il faut se rappeler que certains défenseurs des anciens étaient peu disposés à de semblables concessions.

> ....Un auteur sans défaut?
> *La raison dit Virgile*, et la rime Quinaut. BOILEAU, *Sat.* III.

[1] Dans tout ce passage, Fénelon semble avoir ignoré la véritable origine de la tragédie grecque : elle prit naissance au milieu des cérémonies en l'honneur de Bacchus : « Ces louanges du dieu étaient célébrées « par des chœurs, dont la distribution naturelle en coryphées et en cho- « ristes, qui prenaient tour à tour la parole, probablement aussi en « demi-chœurs qui se répondaient, eût seule conduit à l'invention du « dialogue, s'il eût été besoin de l'inventer. Dans leurs chants qui « avaient déjà quelque chose de dramatique, mais qui n'étaient pas le « drame, on intercala plus tard, soit pour varier l'intérêt de la com- « position par des intermèdes, soit pour ménager aux exécutants quel- « ques moments de repos par l'intervention de l'artiste spécialement « chargé de ces intermèdes, des récits où étaient primitivement rappe- « lées les aventures de la divinité que l'on fêtait, mais qui ne tardèrent « pas à leur devenir étrangers. Une telle innovation fut d'abord ré- « prouvée par les vieillards et par les magistrats comme irrespectueuse « et impie ; mais elle passa à la faveur du plaisir et des suffrages de la « foule. C'est à elle, chose singulière, que l'on doit véritablement la « découverte de l'art dramatique et des divers genres entre lesquels il « ne tarda pas à se partager, particulièrement de la tragédie. On avait « déjà le dialogue; elle mit sur le chemin de l'action. » M. PATIN, *Etudes sur les Tragiques grecs*, t. I. p. 9. Ainsi le chœur avait d'abord été toute la tragédie, et il fallut une certaine hardiesse pour réduire peu à peu le chœur au rôle secondaire qu'il remplit dans *Eschyle*, et surtout dans *Sophocle* et dans *Euripide*. Les poëtes qui firent admettre cette innovation, eurent, comme on l'a vu, à lutter contre des préjugés : on doit leur en tenir compte. D'ailleurs, il ne s'agit pas d'introduire des chœurs dans la tragédie moderne, mais d'en justifier, ou tout au moins d'en expliquer l'usage dans le théâtre ancien.

[2] « Ils interrompent la vraie action. » On sait que la tragédie grecque n'admettait pas la division par actes que l'on a introduite mal à propos dans quelques éditions modernes des tragiques anciens. Les chœurs, semés çà et là, étaient pour le spectateur des moments de repos. Nous avons remplacé ces intermèdes par des entr'actes, durant lesquels *l'action* reste également *interrompue*. Je ne sais si la poésie et même la vraisemblance y ont beaucoup gagné.

[3] « Une troupe de spectateurs. » On sait qu'à Athènes, le chœur placé un peu au-dessous de la scène, y restait pendant toute la durée de la représentation, et assistait ainsi à toutes les scènes qui se développaient sur le théâtre. On conçoit que cette présence continuelle du chœur put avoir quelques inconvenients. Est-il vraisemblable, **par**

vent vagues et insipides. Je soupçonne toujours que ces espèces d'intermèdes avoient été introduits avant que la tragédie eût atteint à une certaine perfection. De plus, je remarque dans les anciens des plaisanteries qui ne sont guère délicates[1]. Cicéron, le grand Cicéron même, en fait de très-froides sur des jeux de mots. Je ne trouve point Horace dans cette petite satire :

> Proscripti Regis Rupili pus atque venenum[2].

exemple, que Médée et Phèdre révèlent à une troupe de femmes leurs pensées les plus secrètes, leurs projets les plus coupables? Les confidents et confidentes du théâtre moderne, personnages aussi froids que le chœur antique, sont au moins plus vraisemblables. Il ne faut pas cependant se montrer trop rigoureux sur ce point : le chœur n'avait pas le caractère que nous sommes souvent tentés de lui attribuer : c'était un personnage de convention : « Témoin idéal du drame, chargé d'en
« recueillir l'impression et de la transmettre pure et entière aux véri-
« tables spectateurs, le chœur avait été d'abord, dans les cérémonies
« du culte de Bacchus, le représentant du peuple entier ; il ne perdit
« pas ce caractère, lorsque, par suite d'innovations successives, ces
« pompes religieuses se changèrent en un spectacle ; *il se trouva na-*
« *turellement chargé de jouer devant le public, chez lequel il se re-*
« *cruta longtemps, par la voie du sort, de libres acteurs, le rôle*
« *du public même ;* regardant avec lui, et jugeant en son nom, inter-
« rompant la marche des événements pour faire entendre la voix de
« cette morale universelle dont la voix retentissait confusément dans
« tous ces cœurs, et à laquelle il servait d'interprète ; personnage vrai-
« ment singulier, placé, dans l'esprit de la composition poétique, entre
« le drame et l'auditoire, comme il l'était matériellement dans la re-
« présentation, entre la scène et l'amphithéâtre. » M. Patin, *Études sur les Tragiques grecs,* t. I. p. 10.

[1] « Qui ne sont guère délicates. » Pouvons-nous juger des plaisanteries faites dans une langue morte? Andrieux fait judicieusement remarquer que nous ne sommes peut-être pas fort compétents à cet égard : « Il n'est pas étonnant qu'après vingt siècles, nous ne saisis-
« sions pas ce qu'un mot, une saillie, dans une langue morte, peut
« avoir de spirituel et de piquant. La plaisanterie ressemble à une li-
« queur subtile et légère qui s'évapore quand on la verse d'un vase
« dans un autre : on la détruit dès qu'on est obligé de l'expliquer. »
Chacun peut en juger par sa propre expérience : quand nous étudions une langue, une littérature qui n'est pas la nôtre, nous arrivons assez promptement à sentir les beautés d'imagination, de sentiment, etc., toutes les qualités sérieuses des auteurs que nous lisons ; mais il nous faut une longue habitude et une connaissance approfondie de la langue, pour devenir sensibles aux œuvres légères ou de pure plaisanterie. Voltaire voulant donner une idée de la comédie anglaise et du mérite de *Wicherley* et de *Congrève,* déclare qu'il n'en traduira rien, *parce qu'on ne rit pas dans une traduction.* On pourrait dire qu'on ne rit guère dans une langue étrangère ou dans une langue morte.

[2] Lib. I, *Sat.* 7, v. 1. — Cette satire nous semble en effet assez grossière. Remarquons ici avec quelle réserve Fénelon blâme les anciens :

En la lisant on bâilleroit, si on ignoroit le nom de son auteur[1]. Quand je lis cette merveilleuse ode du même poëte,

    Qualem ministrum fulminis alitem, etc.[2]

je suis toujours attristé[3] d'y trouver ces mots : *Quibus mos
inde deductus, etc.* Otez cet endroit, l'ouvrage demeure
entier et parfait. Dites qu'Horace a voulu imiter Pindare
par cette espèce de parenthèse, qui convient au transport
de l'ode. Je ne dispute point; mais je ne suis pas assez
touché de l'imitation pour goûter cette espèce de parenthèse, qui paroît si froide et si postiche.[4] J'admets un beau
désordre qui vient du transport et qui a son art caché ;
mais je ne puis approuver une distraction pour faire une
remarque curieuse sur un petit détail, elle ralentit tout.
Les injures de Cicéron contre Marc-Antoine ne me paroissent nullement convenir à la noblesse et à la grandeur de
ses discours[5]. Sa fameuse lettre à Lucceius est pleine de la
vanité la plus grossière et la plus ridicule[6]. On en trouve à
peu près autant dans les lettres de Pline le Jeune[7]. Les an-

on bâilleroit, si on ignoroit le nom de son auteur! Et, quand on ne
l'ignore pas, n'est-il donc plus permis de bâiller, si l'ouvrage paraît
ennuyeux?

[1] « Son auteur. » Légère inadvertance : le pronom possessif ne peut
se rapporter à un nom de choses inanimées. Il faudrait, *si on en ignoroit l'auteur:*

[2] Hor. iv, Od. 3, v. 1, édit. classiq. de M. de Wailly.

    Ainsi que cet oiseau qui porte le tonnerre.

[3] « Attristé. » Mot charmant : on voit que c'est pour Fénelon un
vrai chagrin de trouver une tache dans une œuvre d'ailleurs si parfaite.

[4] « Postiche. » Fait après coup, mal assorti.

[5] « A la grandeur de ses discours, » et encore moins à la dignité de
l'orateur. Il est vrai qu'à Rome l'usage permettait à cet égard de grandes
libertés. Cicéron et Clodius s'injurient en plein sénat avec toute la
grossièreté possible, et Cicéron est si satisfait des paroles outrageantes
dont il a accablé son adversaire, qu'il se hâte d'en faire part à Atticus.
« Clodium præsentem fregi in senatu quum oratione perpetua, plenis-
« sima gravitatis, tum altercatione ejusmodi, *ex qua licet pauca de-
« gustes.* Nam cætera non possunt habere neque vim, neque venusta-
« tem, remoto illo studio contentionis, quem ἀγῶνα vos appellatis. »
Ad Att. i, 16.

[6] « Sa fameuse lettre à Lucceius, etc. » Ad familiares, V, 12. — Dans
cette lettre, Cicéron prie sans façon Lucceius d'écrire l'histoire de son
consulat : il l'invite même à *embellir* un peu certaines parties de cette
histoire et à ne pas s'asservir à une exactitude trop rigoureuse : « Ro-
« go, ut et ornes ea vehementius etiam quam fortasse sentis, et in eo
« leges historiæ negligas... *Amorique nostro plusculum etiam, quam
« concedet veritas, largiare.* » Il ajoute naïvement, que, si Lucceius
lui refuse ce service, il sera obligé de s'en charger lui-même.

[7] « Dans les lettres de Pline le Jeune. » La vanité de Cicéron a une

ciens ont souvent une affectation qui tient un peu de ce que notre nation nomme *pédanterie*. Il peut se faire que, faute de certaines connoissances que la vraie religion et la physique nous ont données, ils admiroient un peu trop diverses choses que nous n'admirons guère.

8° Les anciens les plus sages ont pu espérer, comme les modernes, de surpasser les modèles mis devant leurs yeux. Par exemple, pourquoi Virgile n'auroit-il pas espéré de surpasser [1], par la descente d'Énée aux enfers dans son sixième livre, cette évocation des ombres qu'Homère [2] nous représente dans le pays des Cimmériens? Il est naturel de croire que Virgile, malgré sa modestie, a pris plaisir à traiter, dans son quatrième livre de l'*Énéide*, quelque chose d'original qu'Homère n'avoit point touché.

9° J'avoue que les anciens ont un grand désavantage par le défaut de leur religion et par la grossièreté de leur philosophie. Du temps d'Homère, leur religion n'étoit qu'un tissu monstrueux de fables aussi ridicules que les contes des fées; leur philosophie n'avoit rien que de vain et de superstitieux. Avant Socrate, la morale étoit très-imparfaite, quoique les législateurs eussent donné d'excellentes règles pour le gouvernement des peuples. Il faut même avouer que Platon fait raisonner foiblement Socrate sur l'immortalité de l'âme. Ce bel endroit de Virgile,

> Felix qui potuit rerum cognoscere causas, etc. [3]

aboutit à mettre le bonheur des hommes sages à se délivrer de la crainte des présages et de l'enfer. Ce poëte ne promet point d'autre récompense dans l'autre vie à la vertu

---

sorte de naïveté et de candeur, qui fait sourire, mais qui n'a rien de choquant : celle de Pline déplaît, parce qu'elle est pleine de calculs et de combinaisons. On sait que les lettres de Cicéron n'étaient pas destinées à la publicité; elles ont été recueillies par son affranchi Tiron. Pline, au contraire, les conservait précieusement, et la plupart sont le panégyrique de son cœur ou de son esprit : il y raconte avec complaisance ses succès littéraires, les honneurs dont on l'a comblé, les bienfaits que ses amis ont reçus de lui, etc. ; le tout entremêlé de formules de modestie, dont la sincérité peut paraître un peu suspecte.

[1] « Pourquoi Virgile n'auroit-il pas, etc. » Et Fénelon lui-même dans le XIVᵉ livre de son *Télémaque*.

[2] *Odyss.*, liv. XI.

[3] *Georg.* II, v. 489. — « Heureux qui a pu pénétrer les secrets de la nature. » On a pensé que, dans tout ce passage, Virgile faisait allusion à Lucrèce, dont le poëme a surtout la prétention de *délivrer les hommes de la crainte des présages et de l'enfer*.

la plus pure et la plus héroïque, que le plaisir de jouer
sur l'herbe, ou de combattre sur le sable, ou de danser,
ou de chanter des vers, ou d'avoir des chevaux, ou de
mener des chariots, et d'avoir des armes. Encore ces
hommes et ces spectacles qui les amusoient n'étoient-ils
plus que de vaines ombres; encore ces ombres gémissoient
par l'impatience de rentrer dans des corps pour recommen-
cer toutes les misères de cette vie, qui n'est qu'une maladie
par où l'on arrive à la mort; *mortalibus ægris*. Voilà ce
que l'antiquité proposoit de plus consolant au genre humain :

Pars in gramineis exercent membra palæstris [1] ;

. . . . . Quæ lucis miseris tam dira cupido [2] ?

Les héros d'Homère ne ressemblent point à d'honnêtes
gens [3], et les dieux de ce poëte sont fort au-dessous de ces
héros mêmes, si indignes de l'idée que nous avons de
l'honnête homme. Personne ne voudroit avoir un père
aussi vicieux que Jupiter, ni une femme aussi insupportable que Junon, encore moins aussi infâme que Vénus.
Qui voudroit avoir un ami aussi brutal que Mars, ou un
domestique aussi larron que Mercure? Ces dieux semblent
inventés tout exprès par l'ennemi du genre humain, pour
autoriser tous les crimes, et pour tourner en dérision la
divinité [4]. C'est ce qui a fait dire à Longin qu'Homère a
fait « des dieux des hommes qui furent au siége de Troie,
« et qu'au contraire, des dieux mêmes il en a fait des
« hommes [5]. » Il ajoute que « le législateur des Juifs,
« qui n'étoit pas un homme ordinaire, ayant fort bien
« conçu la grandeur et la puissance de Dieu, l'a exprimée
« dans toute sa dignité, au commencement de ses lois,

---

[1] Virg. *Æneid*. VI, v. 642.

     D'autres sur le gazon exercent leur souplesse.   Gaston.

[2] Virg. *Æneid*. VI, v. 721. — « Les malheureux, quel regret insensé
de la vie ? »

[3] « Honnêtes gens. » « Un honnête homme est celui qui connoît les
« bienséances, et qui les sçait pratiquer. » *Dictionn. de Furetière* —
On voit par ce qui suit que Fénelon attachait un sens plus sérieux à cette
expression, ordinairement entendue au dix-septième siècle dans l'accep-
tion que lui donne Furetière.

[4] « Tourner en dérision la divinité. » Platon, dans sa *République*,
l. III, a blâmé fort sévèrement Homère d'avoir donné aux dieux des passions dégradantes.

[5] Traité du *Sublime*, ch. VII.

5

« par ces paroles : *Dieu dit : Que la lumière se fasse ; et la*
« *lumière se fit : Que la terre se fasse ; et la terre fut*
« *faite.* »

10º Il faut avouer qu'il y a parmi les anciens peu d'auteurs excellents, et que les modernes en ont quelques-uns dont les ouvrages sont précieux. Quand on ne lit point les anciens avec une avidité de savant, ni par le besoin de s'instruire de certains faits, on se borne par goût à un petit nombre de livres grecs et latins. Il y en a fort peu d'excellents, quoique ces deux nations aient cultivé si longtemps les lettres. Il ne faut donc pas s'étonner si notre siècle, qui ne fait que sortir de la barbarie, a peu de livres françois qui méritent d'être souvent relus avec un très-grand plaisir. Il me seroit facile de nommer beaucoup d'anciens, comme Aristophane, Plaute, Sénèque le tragique, Lucain, et Ovide même, dont on se passe volontiers[1]. Je nommerois aussi sans peine un nombre assez considérable d'auteurs modernes qu'on goûte et qu'on admire avec raison : mais je ne veux nommer personne, de peur de blesser la modestie de ceux que je nommerois, et de manquer aux autres en ne les nommant pas[2].

Il faut, d'un autre côté, considérer ce qui est à l'avantage des anciens. Outre qu'ils nous ont donné presque tout tout ce que nous avons de meilleur, de plus il faut les estimer jusque dans les endroits qui ne sont pas exempts de défauts. Longin remarque « qu'il faut craindre la bassesse
« dans un discours si poli et si limé[3]. » Il ajoute que « le
« grand..... est glissant et dangereux..... Quoique j'aie
« remarqué, dit-il encore, plusieurs fautes dans Homère
« et dans tous les plus célèbres auteurs ; quoique je sois
« peut-être l'homme du monde à qui elles plaisent le
« moins, j'estime après tout..... qu'elles sont de petites

---

[1] « Dont on se passe volontiers. » Ces jugements peuvent sembler sévères à l'égard d'Aristophane et de Plaute, de Lucain et d'Ovide : on conçoit cependant que les obscénités d'Aristophane et de Plaute aient blessé la sage austérité de Fénelon, tandis que l'emphase de Lucain et l'esprit souvent prétentieux d'Ovide devaient rebuter son goût si juste, si délicat et si pur.

[2] « En ne les nommant pas. » Réserve charmante : ce silence, ainsi motivé, était une aimable flatterie pour les contemporains. Parmi les écrivains alors vivants, le seul qui méritât d'être nommé ici, le seul que Fénelon pût opposer aux anciens, était Massillon. Les grands hommes qui ont illustré le siècle de Louis XIV étaient tous morts à cette époque.

[3] *Du Sublime*, ch. XXVII.

« négligences qui leur ont échappé, parce que leur esprit, « qui ne s'étudioit qu'au grand, ne pouvoit pas s'arrêter « aux petites choses..... Tout ce qu'on gagne à ne point « faire de fautes, est de n'être point repris : mais le grand « se fait admirer. » Ce judicieux critique croit que c'est dans le déclin de l'âge qu'Homère a quelquefois un peu *sommeillé* par les longues narrations de l'Odyssée; mais il ajoute que cet affoiblissement, *est, après tout, la vieillesse d'Homère* [1]. En effet, certains traits négligés des grands peintres sont fort au-dessus des ouvrages les plus léchés [2] des peintres médiocres. Le censeur médiocre ne goûte point le sublime, il n'en est point saisi : il s'occupe bien plutôt d'un mot déplacé, ou d'une expression négligée; il ne voit qu'à demi la beauté du plan général, l'ordre et la force qui règnent partout. J'aimerois autant le voir occupé de l'orthographe, des points interrogants [3] et des virgules. Je plains l'auteur qui est entre ses mains et à sa merci : *Barbarus has segetes* [4] ! Le censeur qui est grand dans sa censure se passionne pour ce qui est grand dans l'ouvrage : il *méprise*, selon l'expression de Longin, *une exacte et scrupuleuse délicatesse.* Horace est de ce goût :

> Verum, ubi plura nitent in carmine, non ego paucis
> Offendar maculis, quas aut incuria fudit,
> Aut humana parum cavit natura [5].

De plus, la grossièreté difforme de la religion des anciens, et le défaut de vraie philosophie morale où ils étoient avant Socrate, doivent, en un certain sens, faire un grand honneur à l'antiquité. Homère a dû sans doute peindre ses dieux comme la religion les enseignoit au monde idolâtre en son temps : il devoit représenter les hommes selon les mœurs qui régnoient alors dans la Grèce et dans l'Asie

[1] *Du Sublime*, ch. XVII.

[2] « Des ouvrages les plus léchés. » « On dit qu'un tableau est bien « léché, quand les couleurs sont seulement noyées et adoucies avec « beaucoup de soin et de travail, mais sans y reconnoître cette har- « diesse et franchise de pinceau qui n'appartient qu'aux grands maî- « tres. » *Dictionnaire de* FURETIÈRE.

[3] « Points interrogants. » Point d'interrogation.

[4] VIRG. *Eclog*, 1, v. 71.
>   Un barbare envahir ces superbes moissons ! MILLEVOYE.

[5] *De Art. poet.* v. 351-353.
>   Quand de beautés un poëme étincelle,
>   Fermons les yeux sur de légers défauts :
>   Rien n'est parfai...   J. CHÉNIER.

Mineure. Blâmer Homère d'avoir peint fidèlement d'après nature, c'est reprocher à M. Mignard, à M. de Troy, à M. Rigaud [1], d'avoir fait des portraits ressemblants. Voudroit-on qu'on peignît Momus comme Jupiter, Silène comme Apollon, Alecto comme Vénus, Thersite comme Achille ? Voudroit-on qu'on peignît la Cour de notre temps avec les fraises [2] et les barbes des règnes passés? Ainsi Homère ayant dû peindre avec vérité, ne faut-il pas admirer l'ordre, la proportion, la grâce, la force, la vie, l'action et le sentiment qu'il a donnés à toutes ses peintures ? Plus la religion étoit monstrueuse et ridicule, plus il faut l'admirer de l'avoir relevée par tant de magnifiques images ; plus les mœurs étoient grossières, plus il faut être touché de voir qu'il ait donné tant de force à ce qui est en soi si irrégulier, si absurde et si choquant. Que n'auroit-il point fait si on lui eût donné à peindre un Socrate, un Aristide, un Timoléon, un Agis, un Cléomène, un Numa, un Camille, un Brutus, un Marc-Aurèle!

Diverses personnes sont dégoûtées de la frugalité [3] des mœurs qu'Homère dépeint. Mais outre qu'il faut que le poëte s'attache à la ressemblance pour cette antique simplicité comme pour la grossièreté de la religion païenne, de plus rien n'est si aimable que cette vie des premiers hommes [4]. Ceux qui cultivent leur raison, et qui aiment la vertu, peuvent-ils comparer le luxe vain et ruineux, qui

---

[1] Mignard (*Nicolas*), né à Troyes en Champagne vers 1608, mort à Avignon en 1668 ; — Troy (*François de*), né à Toulouse en 1645, mort à Paris en 1730 ; — Rigaud (*Hyacinthe*), né à Perpignan en 1665, mort en 1743 ; tous trois grands peintres de portraits.

[2] « Avec des fraises. » Les fraises étaient une espèce de collet plissé à plusieurs rangs ; c'était une mode espagnole qui s'introduisit en France sous les derniers Valois : elle cessa d'être générale sous Louis XIII ; cependant quelques vieillards s'obstinaient encore à porter la *fraise*.

> Ma foi, je l'envoierois au diable *avec sa fraise*,

dit Lisette dans l'*Ecole des Maris*, en parlant de Sganarelle, qui était resté fidèle aux vieilles modes.

[3] « Frugalité. » Ce mot, qui est à peu près synonyme de *sobriété*, n'est pas assez général ; le mot propre serait *simplicité*, que Fénelon emploie dans le même alinéa.

[4] « Rien n'est si aimable, etc. » On reconnaît ici l'auteur du *Télémaque*, le fondateur de la république idéale de Salente : cette aversion pour le luxe, cet amour excessif pour une simplicité de mœurs impossible dans nos sociétés modernes, a valu à Fénelon bien des railleries, surtout de la part de Voltaire, qui, avec ses cent mille livres de rente et ses goûts de grand seigneur, regrettait assez peu l'âge d'or, et se

est en notre temps la peste des mœurs et l'opprobre de la
nation, avec l'heureuse et élégante simplicité que les anciens nous mettent devant nos yeux [1] ?

En lisant Virgile, je voudrois être avec ce vieillard qu'il
me montre :

> Namque sub Œbaliæ memini me turribus altis,
> Qua niger humectat flaventia culta Galesus,
> Corycium vidisse senem, cui pauca relicti
> Jugera ruris erant; nec fertilis illa juvencis,
> Nec pecori opportuna seges. . . . . .
>
> . . . .
>
> Regum æquabat opes animis ; seráque revertens
> Nocte domum, dapibus mensas onerabat inemptis.
> Primus vere rosam atque autumno carpere poma ;
> Et, quum tristis hiems etiam nunc frigore saxa
> Rumperet, et glacie cursus frenaret aquarum,
> Ille comam mollis jam tum tondebat acanthi,
> Æstatem increpitans seram Zephyrosque morantes [2].

trouvait fort bien de *son siècle de fer*. Mais les exagérations de
Fénelon prenaient leur source dans les sentiments les plus purs, dans un
ardent amour de l'humanité. Il n'y a que les âmes aimantes qui se
trompent ainsi, et Fénelon est du petit nombre de ceux que leurs erreurs
même ont rendus plus respectables.

[1] « Devant nos yeux. » C'étaient ces naïvetés charmantes d'une âme
honnête qui faisaient dire à Louis XIV après sa première entrevue avec
Fénelon : « Je viens de causer avec le plus bel esprit et le *plus chimé-
rique* de mon royaume. » L'homme qui, pour satisfaire ses fantaisies
ruineuses, écrasait la France d'impôts ; qui, pour amener de l'eau à
Versailles en dépit de la nature, faisait périr trente mille hommes dans
des travaux qu'on ne put achever, cet homme, on le conçoit, devait
peu goûter les *chimères* de Fénelon ; et il est permis de croire que ces
prodigalités énormes, et cette magnificence extravagante n'ont pas peu
contribué à augmenter dans l'âme de Fénelon cette horreur du luxe, cet
amour de la simplicité qu'il a souvent poussé trop loin.

[2] *Georg.*, IV, v. 125-138.

> Aux lieux où la Galése en des plaines fécondes,
> Parmi les blonds épis roule ses noires ondes,
> J'ai vu, je m'en souviens, un vieillard fortuné,
> Possesseur d'un terrain longtemps abandonné ;
> C'était un sol ingrat, rebelle à la culture,
> Qui n'offrait aux troupeaux qu'une aride verdure...
> Un jardin, un verger, dociles à ses lois,
> Lui donnaient le bonheur qui s'enfuit loin des rois.
> Le soir, des simples mets que ces lieux voyaient naître
> Ses mains chargeaient sans frais une table champêtre ;
> Il cueillait le premier les roses du printemps,
> Le premier de l'automne amassait les présents ;
> Et, lorsqu'autour de lui, déchaîné sur la terre,
> L'hiver impétueux brisait encor la pierre,

Homère n'a-t-il pas dépeint avec grâce l'île de Calypso et les jardins d'Alcinoüs, sans y mettre ni marbre ni dorure [1]? Les occupations de Nausicaa ne sont-elles pas plus estimables que le jeu et que les intrigues des femmes de notre temps [2]? Nos pères en auroient rougi; et on ose mépriser Homère pour n'avoir pas peint par avance ces mœurs monstrueuses, pendant que le monde étoit encore assez heureux pour les ignorer!

Virgile, qui voyoit de près toute la magnificence de Rome, a tourné en grâce et en ornement de son poëme la pauvreté du roi Evandre :

> Talibus inter se dictis ad tecta subibant
> Pauperis Evandri, passimque armenta videbant
> Romanoque foro et lautis mugire Carinis.
> Ut ventum ad sedes : « Hæc, inquit, limina victor

> D'un frein de glace encore enchaînait les ruisseaux,
> Lui déjà de l'acanthe émondait les rameaux ;
> Et du printemps tardif accusant la paresse,
> Prévenait les zéphyrs et hâtait sa richesse. DELILLE.

[1] « Ni marbre ni dorure. » M. Villemain a remarqué que de tous les écrivains du XVIIe siècle, Fénelon est le seul avec La Fontaine, qui ait montré dans ses ouvrages un sentiment passionné des beautés naturelles. Au siècle suivant, Rousseau et Bernardin de Saint-Pierre ont peint admirablement les merveilles du monde physique. Les poëtes de la fin du XVIIIe siècle, ont eu cette prétention; mais ils l'ont assez mal justifié. Saint-Lambert et Delille croyaient peindre la *nature*; ils n'ont su décrire que les parcs et les jardins. Joseph Chénier, dans son *Épître à Delille*, lui reproche de ne chanter jamais u'une nature artificielle et des beautés factices.

> Virgile, en de riants vallons
> A célébré l'agriculture ;
> Vous, l'abbé, c'est dans les salons
> Que vous observez la nature.
> Soyez toujours l'homme des champs
> Suivant la cour, suivant la ville :
> Votre muse, au pipeau servile,
> Immortalisa dans ses chants
> Les lacs pompeux d'Ermenonville,
> Et les fiers jets d'eau de Marly,
> Les déserts bâtis par Monville,
> Et les hameaux de Chantilly.

[2] « Les occupations de Nausicaa, etc. »—Homère, *Odyssée*, chant VI. — Nausicaa, fille du roi Alcinoüs, va laver elle-même ses vêtements avec ses compagnes. « Quand ils furent bien nettoyés, elles les « étendirent avec ordre sur les cailloux du rivage, qui avoient été « battus et polis par les vagues de la mer. Elles se baignent et se par- « fument ensuite, et dînent sur les bords du fleuve. Le repas fini, Nau- « sicaa et ses compagnes quittent leurs écharpes pour jouer, en se pous- « sant une balle les unes aux autres. » *Traduct. de Fénelon.*

Alcides subiit ; hæc illum regia cepit.
Aude, hospes, contemnere opes, et te quoque dignum
Finge deo, rebusque veni non asper egenis »
Dixit, et angusti subter fastigia tecti
Ingentem Ænean duxit, stratisque locavit
Effultum foliis et pelle Libystidis ursæ [1].

La honteuse lâcheté de nos mœurs nous empêche de lever les yeux pour admirer [2] le sublime de ces paroles : *Aude, hospes, contemnere opes.*

Le Titien, qui a excellé pour le paysage, peint un vallon plein de fraîcheur avec un clair ruisseau, des montagnes escarpées et des lointains qui s'enfuient [3] dans l'horizon : il se garde bien de peindre un riche parterre avec des jets d'eau et des bassins de marbre [4]. Tout de même Virgile

---

[1] *Æneid.*, VIII, v. 559-568. — « Virgile achève le contraste des anciens monuments de Rome par la peinture de la demeure pauvre et simple du bon roi Evandre, dans le lieu même où l'on bâtit depuis tant de magnifiques palais. »

« Pendant ces entretiens, ils s'approchaient de l'humble toit d'E-
« vandre ; ils voyaient çà et là des troupeaux de bœufs errer dans le
« lieu où est maintenant le magnifique quartier des Carènes, et ils les
« entendaient mugir dans la place où l'on harangua depuis le peuple
« romain. Dès qu'ils furent arrivés à la petite maison d'Evandre : « Voici,
« lui dit ce prince, la porte par où Alcide victorieux est entré ; voici le
« royal palais qui l'a reçu. Mon hôte, osez comme lui mépriser les ri-
« chesses : montrez-vous, comme lui, digne fils d'un dieu, et approchez
« sans répugnance de notre pauvre demeure. » Il dit, et il introduit le roi
« des Troyens sous son humble toit. Il le place sur un lit de feuillage
« couvert de la peau d'un ours de Lybie. »

« On voit qu'ici Virgile est pénétré de la simplicité des mœurs arcadiennes, et que c'est avec plaisir qu'il fait mugir les troupeaux d'Evandre dans le *Forum Romanum*, et qu'il les fait paître dans le superbe quartier des Carènes, ainsi appelé parce que Pompée y avait fait bâtir un palais orné de proues de vaisseaux en bronze. Ce contraste est du plus agréable effet.» BERNARDIN DE ST-PIERRE, Préambule de *l'Arcadie*.

[2] « Lever les yeux pour admirer. » C'est l'expression latine *suspicere*.

[3] « Des lointains qui s'enfuient. » Expression qui fait image.

[4] « Des jets d'eau et des bassins de marbre. » Remarquez ce détail, et plus haut : « *Homère a peint avec grâce les jardins d'Alcinoüs sans
« y mettre ni marbre ni dorure.* » On ne peut s'empêcher de croire que Fénelon songeait ici aux pompeux jardins de Versailles et de Marly. Dans le *Parallèle des anciens et des modernes*, Perrault mène ses personnages dans les jardins de Versailles, et l'*abbé*, défenseur des modernes, à la vue de ces merveilles, s'écrie : « En considérant les jets
« d'eau de ce parterre, qu'on peut appeler des fleuves jaillissants, j'ai
« bien de la peine à ne pas demander si les anciens ont eu rien de
« semblable. » Le *président*, partisan des anciens, qui a souvent raison, apparemment parce que Perrault voulait qu'il eût toujours tort, lui répond : « Nous ne lisons pas qu'ils ayent eu des fontaines aussi ma-

ne peint point des sénateurs fastueux et occupés d'intrigues criminelles ; mais il représente un laboureur innocent et heureux dans sa vie rustique :

> Deinde satis fluvium inducit rivosque sequentes ;
> Et, quum exustus ager morientibus æstuat herbis,
> Ecce supercilio clivosi tramitis undam
> Elicit? illa cadens raucum per lævia murmur
> Saxa ciet, scatebrisque arentia temperat arva [1].

Virgile va même jusqu'à comparer ensemble une vie libre, paisible et champêtre, avec les voluptés mêlées de trouble dont on jouit dans les grandes fortunes. Il n'imagine rien d'heureux qu'une sage médiocrité, où les hommes seroient à l'abri de l'envie pour les prospérités, et de la compassion pour les misères d'autrui :

> Illum non populi fasces, non purpura regum
> Flexit.
>
> . . . .
>   Neque ille
> Aut doluit miserans inopem, aut invidit habenti.
> Quos rami fructus, quos ipsa volentia rura
> Sponte tulere suâ, carpsit ; nec ferrea jura [2], etc.

« gnifiques que celles-cy ; ils aimoient mieux, pour l'ordinaire, voir « tomber l'eau de haut en bas, selon son inclination naturelle, ce qui « peut-être n'a pas moins de grâce que ces jets violents et forcés, qui « fatiguent les yeux et l'imagination par leur contrainte continuelle. » — L'abbé. « Quand on a des eaux qui jaillissent, il est aisé d'en avoir « qui tombent de haut en bas. » Le président, atterré sans doute par cette objection, ne trouve rien à répliquer, et passe à autre chose

[1] *Georg.*, i, *v.* 106-110.

> ..... D'un fleuve coupé par de nombreux canaux
> [Il] Court dans chaque sillon distribuer les eaux.
> Si le soleil brûlant flétrit l'herbe mourante,
> Aussitôt je le vois, par une douce pente,
> Amener du sommet d'un rocher sourcilleux,
> Un docile ruisseau qui, sur un lit pierreux,
> Tombe, écume, et, roulant avec un doux murmure,
> Des champs désaltérés ranime la verdure.   DELILLE.

[2] *Georg.*, ii, *v.* 494-500. — « Les faisceaux consulaires, la pourpre « royale n'ont point de charme pour lui ; les tableaux de la misère ne « viennent point émouvoir et attrister son cœur, ni l'aspect de la ri- « chesse exciter son envie. Il recueille les fruits que lui donnent d'eux- « mêmes ses arbres et ses champs. » L'expression dont se sert Fénelon pour traduire le *doluit miserans inopem*, est inexacte : *il est à l'abri de la compassion pour les misères d'autrui.* Elle justifierait une accusation qu'on n'a pas craint de lancer contre Virgile, ou plutôt contre toute l'antiquité : voyez, a-t-on dit, le tendre Virgile lui-même fait l'éloge de l'égoïsme ; son sage ne s'émeut pas sur les malheurs d'autrui. Mais il

Horace fuyoit les délices et la magnificence de Rome pour s'enfoncer dans la solitude.

> Omitte mirari beatæ
> Fumum, et opes strepitumque Romæ [1].

> . . . . . Mihi jam non regia Roma,
> Sed vacuum Tibur placet, aut imbelle Tarentum [2].

Quand les poëtes veulent charmer l'imagination des hommes, ils les conduisent loin des grandes villes; ils leur font oublier le luxe de leur siècle, ils les ramènent à l'âge d'or; ils représentent des bergers dansant sur l'herbe fleurie à l'ombre d'un bocage, dans une saison délicieuse, plutôt que des Cours agitées, et des grands qui sont malheureux par leur grandeur même :

> Agréables déserts, séjour de l'innocence,
> Où, loin des vanités, de la magnificence,
> Commence mon repos, et finit mon tourment;
> Vallons, fleuves, rochers, plaisante [3] solitude,
> Si vous fûtes témoins de mon inquiétude,
> Soyez-les désormais de mon contentement [4].

Rien ne marque tant une nation gâtée, que ce luxe dédaigneux qui rejette la frugalité des anciens. C'est cette dépravation qui renversa Rome. « Insuevit, *dit Salluste,* « amare, potare; signa, tabulas pictas, vasa cœlata mi- « rari.... Divitiæ honori esse cœpere;..... hebescere vir-

---

n'y a rien de cela dans Virgile : il dit simplement que l'habitant des campagnes n'a point sous les yeux le tableau affligeant de l'indigence.

[1] *Lib.* iii, *Od.* 25, v. 11, éd. classiq. de M. de Wailly. — « Laisse admirer à d'autres l'opulence, la fumée, les magnificences, le bruit de Rome. » « Adieu, dit Jean-Jacques, adieu, Paris : ville de bruit, de fumée, et de boue. »

[2] *Lib.* i, *Ep.* 7, v. 45. — « Rome, la ville souveraine, ne me plaît plus; j'aime les solitudes de Tibur, et la douce Tarente. »

[3] « Plaisante. » Ce mot se prenait dans le sens d'*aimable, agréable, qui plaît.*

> Adieu, plaisant pays de France,

dit Marie Stuart dans ses adieux au pays qu'elle ne devait plus revoir.

[4] RACAN. *Stances.* — Le charme de la solitude respire encore mieux dans ces vers que Ducis écrivit à la Trappe au-dessous d'un portrait de St. Bernard.

> Heureuse solitude,   Qu'un vaste empire tombé !
> Seule béatitude,   Ce n'est plus pour ma tombe,
> Que votre charme est doux ! Qu'un vain bruit dans les airs;
> De tous les biens du monde, Et les rois qui s'assemblent,
> Dans ma grotte profonde,   Et leurs sceptres qui tremblent,
> Je ne veux plus que vous.   Que les joncs des déserts.

« tus, paupertas probro haberi..... Domos, atque villas,...
« in urbium modum exædificatas.... A privatis complu-
« ribus subversos montes, maria constrata esse, quibus
« mihi ludibrio videntur fuisse divitiæ..... Vescendi causâ,
« terrâ marique omnia exquirere [1]. » J'aime cent fois
mieux la pauvre Ithaque d'Ulysse, qu'une ville brillante par
une si odieuse magnificence. Heureux les hommes s'ils se
contentoient des plaisirs qui ne coûtent ni crime ni ruine!
C'est notre folle et cruelle vanité, et non pas la noble simplicité des anciens, qu'il faut corriger.

Je ne crois point (et c'est peut-être ma faute) ce que divers savants ont cru : ils disent qu'Homère a mis dans ses
poëmes la plus profonde politique, la plus pure morale [2], et la
plus sublime théologie. Je n'y aperçois point ces merveilles;
mais j'y remarque un but d'instruction utile pour les
Grecs, qu'il vouloit voir toujours unis, et supérieurs aux
Asiatiques. Il montre que la colère d'Achille contre Agamemnon a causé plus de malheurs à la Grèce que les armes
des Troyens.

> Quidquid delirant reges, plectuntur Achivi.
> Seditione, dolis, scelere atque libidine et ira
> Iliacos intra muros peccatur et extra [3].

En vain les Platoniciens du Bas-Empire, qui imposoient
à Julien [4], ont imaginé des allégories et de profonds mys-

---

[1] *Bell. Catil.* 11. 12. 13. — « Alors commença l'habitude de faire
l'amour et de boire ; on se passionna pour des statues, des tableaux, des
vases ciselés... Les richesses commencèrent à être en honneur, la vertu
perdit son influence, la pauvreté devint un opprobre... A Rome et dans
les campagnes, des maisons qu'on prendrait pour des villes... Des montagnes aplanies, des mers couvertes de constructions par maints particuliers qui semblaient se jouer de leurs trésors... Pour leur table, la
terre et la mer étaient mises à contribution. » *Trad. de* DUROZOIR.

[2] « La plus pure morale. » Horace l'affirme ; mais Horace n'était pas
très-exigeant à cet égard.

> Qui, quid sit pulchrum, quid turpe, quid utile, quid non,
> Planius ac melius Chrysippo et Crantore dicit. I, *Epître* 2, v. 3. 4.

[3] *Lib.* I, *Ep.* 2, v. 14-16.

> Des fautes de leurs rois les Grecs portent la peine :
> Sous les tentes des Grecs, dans les murs d'Ilion,
> Règnent le fol amour et sa sédition.   DARU.

[4] « Les platoniciens du Bas-Empire qui *imposoient à Julien*. — « Le
génie entreprenant de Julien ne pouvait se renfermer dans les bornes
des anciennes opinions qu'il prétendait rétablir ; et retenu par une imitation superstitieuse du passé, il était emporté cependant par les idées
nouvelles qui dominaient son siècle. Homère est pour lui comme la Bible

tères dans les divinités qu'Homère dépeint. Ces mystères
sont chimériques : l'Écriture, les Pères qui ont réfuté
l'idolâtrie, l'évidence même du fait, montrent une religion
extravagante et monstrueuse. Mais Homère ne l'a pas faite,
il l'a trouvée ; il n'a pu la changer ; il l'a ornée ; il a caché
dans son ouvrage un grand art ; il a mis un ordre qui excite
sans cesse la curiosité du lecteur ; il a peint avec naïveté,
grâce, force, majesté, passion : que veut-on de plus ?

Il est naturel que les modernes, qui ont beaucoup d'élégance et de tours ingénieux [1], se flattent de surpasser les
anciens [2], qui n'ont que la simple nature. Mais je demande
la permission de faire ici une espèce d'apologue. Les inventeurs de l'architecture qu'on nomme *gothique* [3], et qui

pour nos prédicateurs ; il y prend des préceptes de charité ; il refait
avec la morale chrétienne les fables sensuelles du polythéisme, et cache
des idées nouvelles sous des mots antiques. En même temps il affecte
de regarder le paganisme de son temps comme une corruption du véritable paganisme qu'il cherche dans la plus obscure antiquité. » M. VIL-
LEMAIN, *Fragments.*

[1] « Qui ont beaucoup d'élégance et de tours ingénieux. » Et plus loin
nous trouvons « *les plus excellents auteurs de nos jours :* » Or les
plus excellents auteurs, mêlés à cette querelle, étaient Lamotte, Fontenelle et leurs imitateurs, gens de beaucoup d'esprit, fort ingénieux,
mais pleins d'affectation et de mauvais goût. On pourra trouver que
Fénelon les flatte beaucoup en comparant leur manière froide et com-
passée aux capricieuses et charmantes fantaisies de l'architecture gothique.

[2] « Se flattent de surpasser les anciens. » Si les partisans des modernes
avaient opposé aux anciens, les grands écrivains du siècle de Louis XIV ;
aux tragiques grecs, Corneille et Racine ; aux comiques d'Athènes et de
Rome, Molière ; à Démosthènes, Bossuet et Pascal, etc., leur cause eût été
meilleure. Mais, malheureusement pour eux, tout ce qu'il y avait encore
de grands écrivains, lorsque la querelle commença, prit parti pour les
anciens. Perrault, Fontenelle et Lamotte n'allèrent point chercher dans
le camp opposé de dignes rivaux à opposer aux anciens, ce qui eût été
plus adroit : ils se citèrent en exemples les uns les autres : c'est ce qui
les perdit. Voici ce que La Bruyère pensait de cette querelle. « Un
« auteur moderne (*il est probable que La Bruyère désigne ici Per-*
« *rault*) prouve ordinairement que les anciens nous sont inférieurs en
« deux manières, par raison et par exemple : il tire la raison de son
« goût particulier, et l'exemple de ses ouvrages. ». — « Il avoue que
« les anciens, quelque inégaux et peu corrects qu'ils soient, ont de
« beaux traits, il les cite ; et ils sont si beaux, qu'ils font lire sa cri-
« tique. » — « Quelques habiles prononcent en faveur des anciens
« contre les modernes ; mais ils sont suspects et semblent juger en leur
« propre cause, tant leurs ouvrages sont faits sur le goût de l'antiquité :
« on les récuse. »

[3] « Qu'on nomme gothique. » Fénelon, comme tous ses contemporains, montre peu d'estime pour l'architecture gothique, beaucoup
mieux appréciée de nos jours : c'était le préjugé du temps. Lorsque
Perrault parle d'architecture, ce ne sont pas nos admirables cathédrales

est, dit-on, celle des Arabes, crurent sans doute avoir surpassé les architectes grecs. Un édifice grec n'a aucun ornement qui ne serve qu'à orner l'ouvrage ; les pièces nécessaires pour le soutenir ou pour le mettre à couvert, comme les colonnes et la corniche, se tournent seulement en grâce par leurs proportions : tout est simple, tout est mesuré, tout est borné à l'usage ; on n'y voit ni hardiesse ni caprice qui impose aux yeux ; les proportions sont si justes, que rien ne paroît fort grand, quoique tout le soit ; tout est borné à contenter la vraie raison. Au contraire, l'architecte gothique élève sur des piliers très-minces une voûte immense qui monte jusqu'aux nues ; on croit que tout va tomber, mais tout dure pendant bien des siècles ; tout est plein de fenêtres, de roses et de pointes ; la pierre semble découpée comme du carton ; tout est à jour, tout est en l'air. N'est-il pas naturel que les premiers architectes gothiques se soient flattés d'avoir surpassé, par leur vain raffinement, la simplicité grecque ? Changez seulement les noms, mettez les poëtes et les orateurs en la place des architectes [1] : Lucain devoit naturellement croire qu'il étoit plus grand que Virgile [2] ; Sénèque le tragique pouvoit s'imaginer qu'il brilloit bien plus que Sophocle ; Le Tasse a pu espérer de laisser derrière lui Virgile et Homère [3]. Ces auteurs se seroient trompés en pensant ainsi : les plus excellents auteurs

qu'il oppose au Parthénon, mais Versailles et les autres résidences royales, ou, ce qui est plus raisonnable, la façade du Louvre (ouvrage du frère de Perrault) : il est vrai qu'il en fait un éloge assez bizarre : « Cette façade, dit-il, a été construite avec une *propreté* et une magnificence sans égale. »

[1] « Changez seulement les noms, etc. » Nous retrouverons cette comparaison dans le discours de Fénelon à l'Académie. — « On a dû « faire du style ce qu'on a fait de l'architecture ; on a entièrement « abandonné l'ordre gothique *que la barbarie avoit introduit* pour « les palais et pour les temples ; on a rappelé le dorique, l'ionique « et le corinthien : ce qu'on ne voyoit plus que dans les ruines de « l'ancienne Rome et de la vieille Grèce, devenu moderne, éclate dans « nos portiques et dans nos péristyles. De même on ne sauroit en « écrivant rencontrer le parfait, et, s'il se peut, surpasser les anciens « que par leur imitation. » LA BRUYÈRE, *Des ouvrages de l'esprit.*

[2] « Qu'il étoit plus grand que Virgile. » C'était en effet l'opinion de Lucain. On sait que, comparant ses premiers ouvrages avec le *Culex* de Virgile, il s'écriait dédaigneusement : « Me reste-t-il beaucoup à faire pour égaler le Moucheron ? » *Quantum mihi restat ad Culicem ?*

[3] « *Le Tasse* a pu espérer, etc. » Il paraît que Fénelon partageait les préventions de Boileau à l'égard du Tasse. Quelque jugement que l'on porte sur Lucain et sur le Tasse, on doit convenir que Fénelon leur fait tort en les mettant ici de compagnie avec Sénèque le tragique.

de nos jours doivent craindre de se tromper de même.

Je n'ai garde de vouloir juger en parlant ainsi; je propose seulement aux hommes qui ornent notre siècle de ne mépriser point ceux que tant de siècles ont admirés. Je ne vante point les anciens comme des modèles sans imperfections; je ne veux point ôter à personne l'espérance de les vaincre, je souhaite au contraire de voir les modernes victorieux par l'étude des anciens mêmes qu'ils auront vaincus. Mais je croirois m'égarer au-delà de mes bornes, si je me mêlois de juger jamais pour le prix entre les combattants :

> Non nostrum inter vos tantas componere lites :
> Et vitula tu dignus, et hic[1]. . . . .

Vous m'avez pressé, Monsieur, de dire ma pensée. J'ai moins consulté mes forces que mon zèle pour la compagnie. J'ai peut-être trop dit, quoique je n'aie prétendu dire aucun mot qui me rende partial[2]. Il est temps de me taire :

> Phœbus volentem prælia me loqui
> Victas et urbes, increpuit lyra,
>   Ne parva Tyrrhenum per æquor
> Vela darem[3].

Je suis pour toujours, avec une estime sincère et parfaite, Monsieur, etc.

VIRG. *Eclog.* III, v. 108. 109.
   Il ne m'appartient pas de nommer le vainqueur,
     J'offre à tous deux le prix.

[2] « Aucun mot qui me rende partial, » qui me range dans un parti ou dans un autre : cette tournure n'est pas très-régulière.

[3] HOR. IV, *Od.* 14, v. 1-4 — « Je voulais chanter les combats et les cités vaincues : mais Phœbus, me touchant de sa lyre, m'avertit de ne point risquer mon frêle navire sur la mer Tyrrhénienne. »

FIN DE LA LETTRE

SUR LES OCCUPATIONS DE L'ACADÉMIE.

LETTRES

DE LAMOTTE ET DE FENELON

SUR HOMÈRE ET SUR LES ANCIENS.

AVERTISSEMENT DU NOUVEL ÉDITEUR.

La lettre sur les occupations de l'Académie était adressée à M. Dacier, partisan fanatique des Anciens : les lettres suivantes ont été écrites vers la même époque à un défenseur des modernes, à Lamotte. On reconnaîtra avec plaisir dans ces lettres toutes confidentielles les mêmes opinions que dans l'ouvrage précédent, destiné à être lu à l'Académie. Fénelon convient avec franchise des défauts des anciens, il loue avec enthousiasme leurs merveilleuses beautés ; avec Lamotte comme avec Dacier il reste ce qu'il fut toujours, impartial et vrai.

Nous joignons à ces lettres celles de Lamotte ; elles sont nécessaires pour l'intelligence des lettres de Fénelon ; d'ailleurs, elles sont écrites dans une prose facile et spirituelle, et sont pleines de ce touchant enthousiasme que Fénelon inspirait naturellement à tous ceux qui l'approchaient. Dix de ces lettres furent publiées par Lamotte lui-même en 1715, après la mort de Fénelon : elles faisaient partie de sa réponse à Mme Dacier intitulée : *Réflexions sur la critique*. La quatrième fut publiée pour la première fois en 1759, par l'abbé Trublet [1].

---

[1] *Nicolas-Charles-Joseph* TRUBLET, littérateur médiocre, né à Saint-Malo en 1697, mort en 1770. Il a publié, entre autres ouvrages, *des Essais de Littérature et de Morale*, en 1 vol. in-12 Ce livre n'est pas sans mérite, quoiqu'il soit maintenant presque oublié. Trublet devra son immortalité aux vers suivants de Voltaire, bien plus qu'à ses propres ouvrages.

> L'abbé Trublet alors avait la rage
> D'être à Paris un petit personnage :
> Au peu d'esprit que le bonhomme avait
> L'esprit d'autrui par supplément servait ;
> Il entassait adage sur adage ;
> Il compilait, compilait, compilait ;
> On le voyait sans cesse écrire, écrire
> Ce qu'il avait jadis entendu dire.

LETTRES
SUR HOMÈRE ET SUR LES ANCIENS.

T. DE LAMOTTE.

Monseigneur,

Je viens de voir entre les mains de M. l'abbé Dubois[1], un extrait d'une de vos lettres où vous daignez vous souvenir de moi;

[1] Depuis cardinal et ministre sous le régent. Comment des lettres de Fénelon avaient-elles pu s'égarer jusque dans les mains de Dubois? Il est vrai que Fénelon était alors consulté par le duc d'Orléans, depuis régent, sur des questions de philosophie religieuse : ce prince l'estimait beaucoup, malgré l'extrême différence de leurs caractères. Dubois, confident intime du régent, a pu se trouver ainsi en relation forcée avec Fénelon. Saint-Simon a fait de Dubois un portrait peu flatteur, mais malheureusement fort exact : « C'étoit un petit
« homme maigre, effilé, chafoin, à perruque blonde, à mine de fouine, à phy-
« sionomie d'esprit, qui étoit en plein ce qu'en mauvais François on appelle un
« *Sacre*, mais qui ne se peut guères nommer autrement. Tous les vices com-
« battoient en lui à qui en demeureroit le maître. Ils y faisoient un bruit et un
« combat continuel entre eux. L'avarice, la débauche, l'ambition, étoient ses
« dieux; la perfidie, la flatterie, les servages, ses moyens; l'impiété parfaite,
« son repos; et l'opinion que la probité et l'honnêteté sont des chimères dont
« on se pare, et qui n'ont de réalité dans personne, son principe, en consé-
« quence duquel tous moyens lui étoient bons. Il excelloit en basses intrigues,
« il en vivoit, il ne pouvoit s'en passer, mais toujours avec un but où toutes
« ses démarches tendoient, avec une patience qui n'avoit de terme que le suc-
« cès, ou la démonstration réitérée de n'y pouvoir arriver, à moins que, che-
« minant ainsi dans la profondeur des ténèbres, il ne vît jour à mieux en ou-
« vrant un autre boyau. Il passoit ainsi sa vie dans les sapes. Le mensonge le
« plus hardi lui étoit tourné en nature avec un air simple, droit, sincère, sou-
« vent honteux. Il auroit parlé avec grâce et facilité, si dans le dessein de pé-
« nétrer les autres en parlant, la crainte de s'avancer plus qu'il ne vouloit, ne
« l'avoit accoutumé à un bégaiement factice qui le déparoit; et qui, redoublé
« quand il fut arrivé à se mêler de choses importantes, devint insupportable,
« et quelquefois inintelligible. Sans ses contours et le peu de naturel qui per-
« çoit malgré ses soins, sa conversation auroit été aimable. Il avoit de l'esprit,
« assez de lettres, d'histoire et de lecture, beaucoup de monde, force envie de
« plaire et de s'insinuer, mais tout cela gâté par une fumée de fausseté qui
« sortoit malgré lui de tous ses pores et jusque de sa gaîté qui attristoit par là.
« Méchant d'ailleurs avec réflexion et par nature, et par raisonnement, traître
« et ingrat, maître expert aux compositions des plus grandes noirceurs, ef-
« fronté à faire peur étant pris sur le fait; désirant tout, enviant tout, et vou-
« lant toutes les dépouilles. On connut après, dès qu'il osa ne plus se contrain-
« dre, à quel point il étoit intéressé, débauché, inconséquent, ignorant en toute
« affaire, passionné toujours, emporté, blasphémateur et fou, et jusqu'à quel
« point il méprisa publiquement son maître et l'État, le monde sans exception
« et les affaires, pour les sacrifier à soi tous et toutes, à son crédit, à sa puis-
« sance, à son autorité absolue, à sa grandeur, à son avarice, à ses frayeurs, à
« ses vengeances. » Chap. xv, édit. in-8° de 1829. — C'est ce respectable personnage qui succéda à Fénelon comme archevêque de Cambray.

elle m'a donné une joye excessive ; et je vous avoue franchement
qu'elle a été jusqu'à l'orgueil. Le moyen de s'en défendre, quand on
reçoit quelque louange d'un homme aussi louable et autant loué que
vous l'êtes ? Je n'en suis revenu, MONSEIGNEUR, qu'en me disant à
moi-même que vous aviez voulu me donner des leçons sous l'apparence d'éloges [1], et qu'il n'y avoit là que de quoi m'encourager.
C'en est encore trop de votre part, MONSEIGNEUR, et je vous en re-
mercie avec autant de reconnoissance que d'envie d'en profiter.
Je me proposerai toujours votre suffrage dans ma conduite et dans
mes écrits, comme la plus précieuse récompense où je puisse as-
pirer. J'ai grand regret à la lettre que vous m'avez fait l'honneur de m'écrire et que je n'ai pas reçue ; je ne puis cependant
m'en tenir malheureux, puisque cet accident m'a attiré de votre
part une nouvelle attention dont je connois tout le prix. De grâce,
MONSEIGNEUR, continuez-moi des bontés qui me sont devenues
nécessaires depuis que je les éprouve.

Je suis, MONSEIGNEUR, avec le plus profond respect et le plus
parfait dévouement,

Votre très-humble, etc.,   LAMOTTE.

A Paris, ce 18 août 1713.

II. DE FÉNELON.

Les paroles qu'on vous a lues, Monsieur, ne sont point des
compliments ; c'est mon cœur qui a parlé. Il s'ouvriroit encore
davantage avec un grand plaisir si j'étois à portée de vous entretenir librement. Vous pouvez faire de plus en plus honneur à la
poësie françoise par vos ouvrages ; mais cette poësie, si je ne me
trompe, auroit encore besoin de certaines choses, faute desquelles
elle est un peu gênée, et elle n'a pas toute l'harmonie des vers
grecs et latins [2]. Je n'oserois décider là-dessus ; mais je m'imagine que si je vous proposois mes doutes dans une conversation,
vous développeriez ce que je ne pourrois démêler qu'à demi. On
m'a dit que vous allez donner au public une traduction d'Homère
en vers françois. Je serai charmé de voir un si grand poëte parler
notre langue. Je ne doute point ni de la fidélité de la version, ni
de la magnificence des vers. Notre siècle vous aura obligation de
lui faire connoître la simplicité des mœurs antiques et la naïveté
avec laquelle sont exprimées les passions dans cette espèce de tableau. Cette entreprise est digne de vous : mais comme vous êtes
capable d'atteindre à ce qui est original, j'aurois souhaité que
vous eussiez fait un poëme nouveau, où vous auriez mêlé de

---

[1] « Des leçons sous l'apparence d'éloges. » C'est ce que Fénelon va faire encore dans la lettre suivante.

[2] Plusieurs passages de ces lettres sont la répétition des jugements exprimés
dans la *Lettre sur les occupations de l'Académie.* Voyez p. 32.

grandes leçons avec de fortes peintures. J'aimerois mieux vous voir
un nouvel Homère que la postérité traduiroit, que de vous voir le
traducteur d'Homère même. Vous voyez que je pense hautement
pour vous, c'est ce qui vous convient[1]. Jugez par là, s'il vous
plaît, de la grande estime, du goût et de l'inclination très-forte
avec laquelle je veux être parfaitement tout à vous, Monsieur,
pour toute ma vie,

Fr. Ar. duc de Cambray.

A Cambray, ce 9 septembre 1713.

III. DE LAMOTTE.

MONSEIGNEUR,

C'en est fait, je compte sur votre bienveillance, et je l'ai sentie
parfaitement dans la lettre que vous m'avez fait l'honneur de m'é-
crire. Ainsi, Monseigneur, vous essuyerez, s'il vous plaît, toute ma
sincérité. Je ferois scrupule de vous déguiser le moins du monde
mes sentiments. On vous a dit que j'allois donner une traduction
de l'*Iliade* en vers françois, et vous vous attendiez, ce me semble,
à beaucoup de fidélité : mais, je vous l'avoue ingénuement, je n'ai
pas cru qu'une traduction fidelle de l'*Iliade* pût être agréable en
françois. J'ai trouvé partout, du moins par rapport à notre temps,
de grands défauts joints à de grandes beautés ; ainsi je m'en suis
tenu à une imitation très-libre, et j'ai osé même quelquefois être
tout à fait original. Je ne crois pas cependant avoir altéré le sens
du poëme ; et quoique je l'aye fort abrégé, j'ai prétendu rendre
toute l'action, tous les sentiments, tous les caractères. Sans vouloir vous prévenir, Monseigneur, il y a un préjugé assez favorable pour moi : c'est qu'aux assemblées publiques de l'Académie
françoise j'en ai déjà récité cinq ou six livres, dont quelques-
uns de ceux qui connoissent le mieux le poëme original m'ont félicité d'un air bien sincère : ils m'ont loué même de fidélité dans

----

[1] « Je ne doute point, etc. » Tout ce passage est charmant : les conseils y
sont adroitement déguisés sous les compliments. Fénelon a appris que Lamotte
va publier une traduction de l'*Iliade*, traduction *abrégée*, sèche, prétentieuse,
enfin telle qu Lamotte pouvait la faire, *impar congressus Achilli*. On croi-
rait presque que Fénelon cherche à détourner Lamotte de sa téméraire entreprise ; les qualités, qu'il *espère* trouver dans cette traduction, sont précisément celles qui manquent au traducteur. 1º Cette traduction sera *fidèle* ; —
Dans la traduction de Lamotte, l'*Iliade* sera réduite à douze chants. 2º Les
vers doivent être *magnifiques* ; — Lamotte ne peut faire que des vers sans
couleur et sans harmonie. 3º Enfin cette version doit reproduire exactement
la simplicité des mœurs antiques, la naïveté des passions, etc. — Toutes
choses que la délicatesse de Lamotte ne saurait supporter. Enfin, après ces
louanges bien faites pour décourager le traducteur, Fénelon paraît l'engager
poliment à faire autre chose, *un poëme nouveau*, une œuvre originale, dont
Homère au moins n'aurait pas à souffrir. Lamotte avoue ingénument, dans
la lettre suivante, qu'on ne trouvera pas dans son ouvrage ce que Fénelon
comptait y rencontrer ; mais il ne paraît pas s'inquiéter autrement des conseils détournés de Fénelon, et se contente d'affirmer qu'à l'Académie, où il a
déjà récité cinq ou six livres, on l'a félicité *d'un air bien sincère*.

mes imitations les plus hardies, soit que n'ayant pas présent le détail de l'*Iliade* ils crussent le retrouver dans mes vers ; soit qu'ils comptassent pour fidélité les licences mêmes que j'ai prises, pour tâcher de rendre ce poëme aussi agréable en françois, qu'il peut l'être en grec. Je ne m'étends pas davantage, Monseigneur, parce qu'on imprime actuellement l'ouvrage. Vous jugerez bientôt de la conduite que j'y ai tenue, et de mes raisons bonnes ou mauvaises, dont je rends compte dans une assez longue préface. Condamnez, approuvez, Monseigneur : tout m'est égal, puisque je suis sûr de la bienveillance. Permettez-moi de vous demander vos vues sur la poësie françoise ; j'y sens bien quelques défauts, et surtout dans nos vers alexandrins, une monotonie un peu fatigante : mais je n'en entrevois pas les remèdes, et je vous serai très-obligé si vous daignez me communiquer là-dessus quelques-unes de vos lumières.

Je suis, avec le plus profond respect,

MONSEIGNEUR,

           Votre très-humble, etc.,   LAMOTTE.

A Paris, ce 14 décembre 1713.

IV. DE FÉNELON.

Je reçois, Monsieur, dans ce moment, votre *Iliade*. Avant que de l'ouvrir, j'y vois quel est votre cœur pour moi, et le mien en est fort touché. Mais il me tarde d'y voir aussi une poësie qui fasse honneur à notre nation et à notre langue. J'attends de la préface une critique au-dessus de tout préjugé ; et du poëme, l'accord du parti des modernes avec celui des anciens [1]. J'espère que vous ferez admirer Homère par tout le parti des modernes, et que celui des anciens le trouvera avec tous ses charmes dans votre ouvrage. Je dirai avec joie : *proxima Phœbi versibus ille facit.*

Je suis, avec l'estime la plus parfaite, Monsieur, votre très-humble et très-obéissant serviteur,

           FR. AR., DUC DE CAMBRAY.

A Cambray, ce 16 janvier 1714

V. DE FÉNELON.

Je viens de vous lire, Monsieur, avec un vrai plaisir. L'inclination très-forte dont je suis prévenu pour l'auteur de la nouvelle *Iliade* m'a mis en défiance contre moi-même. J'ai craint d'être partial en votre faveur, et je me suis livré à une critique scrupuleuse contre vous : mais j'ai été contraint de vous reconnoître tout

---

[1] « Avec celui des anciens. » La publication de cette traduction eut un effet contraire à celui que Fénelon espérait : la querelle ne fit que s'envenimer.

entier [1] dans un genre de poésie presque nouveau à votre égard [2].
Je ne puis néanmoins vous dissimuler ce que j'ai senti. Ma remarque tombe sur notre versification, et nullement sur votre personne. C'est que les vers de nos odes, où les rimes sont entrelacées, ont une variété, une grâce et une harmonie que nos vers
héroïques ne peuvent égaler. Ceux-ci fatiguent l'oreille par leur
uniformité. Le latin a une infinité d'inversions et de cadences. Au
contraire, le françois n'admet presque aucune inversion de phrase;
il procède toujours méthodiquement par un nominatif, par un
verbe, et par son régime. La rime gêne plus qu'elle n'orne les
vers. Elle les charge d'épithètes; elle rend souvent la diction
forcée, et pleine d'une vaine parure. En allongeant les discours,
elle les affoiblit [3]. Souvent on a recours à un vers inutile pour en
amener un bon. Il faut avouer que la sévérité de nos règles a
rendu notre versification presque impossible. Les grands vers sont
presque toujours ou languissants ou raboteux. J'avoue ma mauvaise délicatesse; ce que je fais ici est plutôt ma confession, que
la censure des vers françois. Je dois me condamner quand je critique ce qu'il y a de meilleur.

La poésie lyrique est, ce me semble, celle qui a le plus de grâce
dans notre langue [4]. Vous devez approuver qu'on la vante, car
elle vous fait grand honneur [5].

> Totum muneris hoc tui est
> Quod monstror digito prætereuntium,
>   Romanæ fidicen lyræ;
> Quod spiro, et placeo, (si placeo) tuum est [6].

Mais passons de la versification françoise à votre nouveau

[1] « J'ai été contraint de vous reconnoître tout entier. » En effet, on reconnaît fort peu Homère, et beaucoup trop Lamotte dans cette malheureuse traduction. Cet éloge n'a rien de bien compromettant.

[2] « Genre de poésie presque nouveau à votre égard. » Expression un peu
obscure : Fénelon veut dire sans doute que Lamotte ne s'était pas encore essayé
dans la poésie épique.

[3] « Les vers de nos odes, etc. » Toutes ces idées ont déjà été développées par
Fénelon (Voy. ci-dessus p. 32 et suivantes), quelquefois dans les mêmes termes
et avec plus d'étendue.

[4] « Le plus de grâce dans notre langue. » Et c'est cependant, de tous
les genres de poésie, celui où la versification a le moins de liberté.

[5] « Elle vous fait grand honneur. » O Philinte, quel excès d'indulgence !
Encore le sonnet d'Oronte vaut-il mieux que la plupart des odes de Lamotte...
Voici une des strophes de l'ode intitulée l'*Ombre d'Homère*. Cette ode précédait
la traduction de l'*Iliade*. « Tu m'entends, » dit à Lamotte l'ombre d'Homère.

> « Tu m'entends : Pluton me rappelle. »
> L'ombre disparoît à ces mots.
> Enflammé d'une ardeur nouvelle,
> Peignons les dieux et les héros.
> Je vois au sein de la nature
> L'idée invariable et sûre
> De l'utile beau, du parfait.
> Homère m'a laissé sa muse,
> Et (si mon orgueil ne m'abuse)
> Je vais faire ce qu'il eût fait.

[6] Hor. lib. IV, od. II, v. 21-24, édit classiq. de M. A. de Wailly. — « O Mel-

poëme. On vous reproche d'avoir trop d'esprit[1]. On dit qu'Homère en montroit beaucoup moins. On vous accuse de briller sans cesse par des traits vifs et ingénieux. Voilà un défaut qu'un grand nombre d'auteurs vous envient ; ne l'a pas qui veut. Votre parti conclut de cette accusation que vous avez surpassé le poëte grec.

> Nescio quid majus nascitur Iliade [2].

On dit que vous avez corrigé les endroits où il sommeille. Pour moi, qui entends de loin les cris des combattants, je me borne à dire :

> Non nostrum inter vos tantas componere lites :
> Et vitula tu dignus, et hic [3].

Cette guerre civile du Parnasse ne m'alarme point. L'émulation peut produire d'heureux efforts, pourvu qu'on n'aille point jusqu'à mépriser le goût des anciens sur l'imitation de la simple nature, sur l'observation inviolable des divers caractères, sur l'harmonie [4] et sur le sentiment, qui est l'âme de la parole. Quoi qu'il

---

« pomène, si chacun en passant me désigne du doigt comme le maître de la « lyre romaine, c'est à toi que je dois cet honneur : c'est par toi que je respire, « que je plais (si je puis me flatter de plaire). »—De tout cela Lamotte ne pouvait guère prendre pour lui avec quelque justice que la parenthèse modeste, *si placeo.*

[1] « On vous reproche, etc. » Quoique Fénélon semble se récuser, on voit qu'il saisissait très-bien tous les défauts de la nouvelle Iliade : il les indique tous dans les lignes suivantes. La vérité est au fond de toutes ces formules de politesse, mais elle y est un peu voilée : il paraît même, par la réponse de Lamotte, que le traducteur n'avait senti que les éloges, sans apercevoir les critiques ; il se borne à se féliciter de *l'approbation* que Fénelon veut bien lui accorder. Le bon archevêque, craignant de blesser son correspondant, manque un peu de franchise : on reconnaît là cette extrême envie de plaire, que Saint-Simon lui reproche si aigrement, et à plusieurs reprises : «Jamais homme n'a eu plus que lui la passion de plaire, et au valet autant qu'au maître.» Mais quel homme a jamais dit sans ménagement la vérité à un auteur qui le consultait? Alceste lui-même n'y met-il pas bien des façons? Voyez la correspondance de Voltaire : si l'on en croyait quelques-unes de ses lettres, le dix-huitième siècle, qu'il appelle ailleurs *l'égout des siècles*, aurait réuni à lui seul autant de génies que tous les siècles ensemble : Voltaire y compare sans façon Duclos à Salluste, Diderot à Platon, Saurin et La Harpe à Sophocle et à Corneille. Voici ce qu'il dit de sa correspondance avec le roi de Prusse : « Il « me traitait *d'homme divin*, je le traitais de *Salomon* ; les épithètes ne nous « coûtaient rien. » Il est vrai que l'on est disposé à être beaucoup plus exigeant avec Fénelon qu'avec Voltaire.

[2] Propert. *Lib.* II, *Eleg*, XXV, v. 66.—« Il va naître quelque chose de plus « grand encore que l'Iliade. »

[3] Virg. *Eclog.* III, v. 108-109. « Il ne m'appartient pas de prononcer entre « vous dans un si grand débat. Tous deux vous méritez la génisse. » *Trad. de* M. Charpentier.

[4] « Sur l'harmonie. » C'est un point sur lequel Lamotte aurait eu peine à contenter Fénelon. Voici encore quelques vers empruntés à l'ode déjà citée : n'oublions pas que c'est Homère qui parle, *l'harmonieux vieillard, déployant le tissu des saintes mélodies* (André Chénier).

> — Ne borne pas ta ressemblance
> A des traits stériles et *secs* :
> Rends ce nombre, cette cadence
> Dont jadis je charmai les *Grecs.*
> Sois fidèle au style *héroïque,*

arrive entre les anciens et les modernes, votre rang est réglé dans le parti des derniers.

> Vitis ut arboribus decori est, ut vitibus uvæ,
> Ut gregibus tauri, segetes ut pinguibus arvis;
> Tu decus omne tuis [1].

Au reste, je prends part à la juste marque d'estime que le roi vient de vous donner [2]. C'est plus pour lui que pour vous que j'en ai de la joie. En pensant à vos besoins, il vous met dans l'obligation de travailler à sa gloire. Je souhaite que vous égaliez les anciens dans ce travail, et que vous soyez à portée de dire comme Horace,

> Nec, si plura velim, tu dare deneges [3]

C'est avec une sincère et grande estime que je serai le reste de ma vie, monsieur, votre très-humble et très-obéissant serviteur,

FR. AR., DUC DE CAMBRAY.

A Cambray, ce 26 janvier 1714.

VI. DE LAMOTTE.

MONSEIGNEUR,

Quoi, vous avez craint d'être partial en ma faveur, et vous voulez bien que je le croye! Je suis encore plus sensible à ce sentiment qu'à votre approbation même. Je ne désirerois plus, ce que je n'espère guères, que l'honneur et le plaisir de vous voir et de vous entendre. Qu'il me seroit doux de vous exposer tous mes sentiments, d'écouter avidement les vôtres, et d'apprendre sous vos yeux à bien penser! Je sens même, tant vos bontés me mettent à l'aise avec vous, que je disputerois quelquefois, et qu'à demi persuadé, je vous donnerois encore, par mes instances, le plaisir de me convaincre tout à fait. Je ne sçai pourquoi je m'imagine ce plaisir, car je défère absolument à tout ce que vous alléguez contre la versification françoise [4]. J'avoue que la latine a de grands avantages sur elle : la liberté de ses inversions, ses mesures différentes, l'ab-

> Au grand sens, au tour *pathétique*,
> Enfants d'un travail assidu.
> Qu'en ce choix la raison t'éclaire ;
> Je plaisois : si tu ne sais plaire,
> Crois que tu ne m'as pas rendu. —

[1] VIRG. *Eclog.* V, v. 32-34. « La vigne embellit les arbres, le raisin la vigne, le taureau un troupeau nombreux, les moissons une fertile campagne ; ainsi, Daphnis, tu fus la gloire des tiens. » *Trad. de* M. CHARPENTIER.

[2] Il s'agit peut-être ici de la pension laissée depuis longtemps vacante par la mort de Boileau, et dont Lamotte hérita à peu près à cette époque.

[3] HOR. *Lib.* III, *Od.* XI, v. 38. — Je suis à l'abri de la pauvreté importune, dit Horace à Mécène : « et si je voulais plus de richesses, tu ne me les refuserais pas. »

[4] « Contre la versification françoise. » On sait que Lamotte ayant des motifs tout personnels pour se plaindre de la versification française, qui lui avait fait faire tant de tristes vers, finit par y renoncer tout à fait, et par composer simplement de la prose spirituelle et distinguée.

> Il se tue à rimer : que n'écrit-il en prose ?

On voit cependant qu'en 1714 il n'était pas encore converti, et qu'il fait ici à Fénelon des objections assez sensées.

sence même de la rime lui donne une variété qui manque à la nôtre. Le malheur est qu'il n'y a point de remède, et qu'il ne nous reste plus qu'à vaincre, à force de travail, l'obstacle que la sévérité de nos règles met à la justesse et à la précision. Il me semble cependant que de cette difficulté même, quand elle est surmontée, naît un plaisir très-sensible pour le lecteur. Quand il sent que la rime n'a point gêné le poëte, que la mesure tyrannique du vers n'a point amené d'épithètes inutiles, qu'un vers n'est pas fait pour l'autre ; qu'en un mot tout est utile et naturel, il se mêle alors au plaisir que cause la beauté de la pensée, un étonnement agréable de ce que la contrainte ne lui a rien fait perdre. C'est presque en cela seul, à mon sens, que consiste tout le charme des vers, et je crois par conséquent que les poëtes ne peuvent être bien goûtés que par ceux qui ont comme eux le génie poëtique. Comme ils sentent les difficultés mieux que les autres, ils font plus de grâce aux imperfections qu'elles entraînent, et sont aussi plus sensibles à l'art qui les surmonte. Quant à la versification des odes, je conviens encore avec vous qu'elle est plus agréable et plus variée, mais je ne crois pas qu'elle fût propre pour la narration. Comme chaque strophe doit finir par quelque chose de vif et d'ingénieux[1], cela entraîneroit infailliblement de l'affectation en plusieurs rencontres ; et d'ailleurs dans un long poëme ces espèces de couplets, toujours cadencés et partagés également dégénéreroient à la fin en une monotonie du moins aussi fatigante que celle de nos grands vers[2]. Je m'en rapporte à vous, Monseigneur, car vous serez toujours mon juge, et je n'en veux pas d'autre dans la dispute que j'aurai peut-être à soutenir sur mon ouvrage. Cette guerre que vous prévoyez ne vous alarme point, pourvu, dites-vous, que l'on n'aille pas jusqu'à mépriser le goût des anciens. Peut-on jamais le mépriser, Monseigneur ! Quoi que nous fassions, ils seront toujours nos maîtres. C'est par l'exemple qu'ils nous ont donné du beau, que nous sommes à portée de reconnoître leurs défauts, et de les éviter : à peu près comme les nouveaux philosophes doivent à la méthode de Descartes l'art de le combattre lui-même. Qu'on nous permette un examen respectueux, une émulation modeste, nous n'en demandons pas davan-

[1] « Quelque chose de vif et d'ingénieux. » C'est une des erreurs de Lamotte, qui prétendait en effet terminer chaque strophe *par quelque chose de beau, de brillant, de scintillant, qui eût l'air d'une pensée,* ce qui fait de ses odes une suite d'épigrammes, d'ailleurs assez mal tournées.

[2] « Et d'ailleurs dans un long poëme, etc. » Pourquoi Lamotte insiste-t-il sur ce point ? Fénelon n'a rien proposé de semblable. L'idée de faire un long poëme divisé en *couplets toujours cadencés* et terminés par *quelque chose d'ingénieux,* serait une idée aussi singulière que celle de Benserade, qui traduisit en rondeaux les *Métamorphoses* d'Ovide, ou celle de Mascarille qui voulait *mettre en madrigaux toute l'histoire Romaine.* Les stances que les Italiens et les Anglais emploient quelquefois dans de longs poëmes, échappent à la monotonie, parce que le sens n'est pas toujours arrêté au dernier vers de la strophe, comme dans les odes françaises, du moins au temps de Lamotte.

tage. Je passe sur les louanges que vous daignez me donner. Je me contente d'y admirer l'usage que vous faites des traits des anciens, plus ingénieux que les traits mêmes : c'est encore un nouveau motif d'émulation pour moi, et si je fais dans la suite quelque chose qui vous plaise, soyez sûr, Monseigneur, que ce motif y aura eu bonne part.

Je suis pour toute ma vie, avec une attachement très-respectueux, Monseigneur,

Votre très-humble, etc.,   LAMOTTE.

A Paris, ce 15 février 1714.

VII. DE LAMOTTE.

Monseigneur,

J'ai reçu par la personne que j'avois osé vous recommander, de nouveaux témoignages de votre bienveillance. J'y suis toujours aussi sensible, quoique j'en sois moins surpris, car je sçai que la constance des sentiments est le propre d'une âme comme la vôtre; et puisque vous avez commencé de me vouloir du bien, vous ne sçauriez discontinuer, à moins que je ne m'en rende indigne, ce qui me paroît impossible, si je n'ai à le craindre que par les fautes du cœur. Je vous dois un compte naïf du succès de mon *Iliade*. L'opinion invétérée du mérite infaillible d'Homère a soulevé contre moi quelques commentateurs que je respecte toujours par leurs bons endroits. Ils ne sçauroient digérer les moindres remarques où l'on ne se récrie pas comme eux, à la merveille; et parce que je ne conviens pas qu'Homère soit toujours sensé, ils en concluent brusquement que je ne suis jamais raisonnable. Franchement, Monseigneur, vous les avez un peu gâtés. Un de vos ouvrages, où ils entrevoient quelque imitation d'Homère [1], fournit de nouvelles armes à leur préjugé. Ils croyent que tout l'agrément, toute la perfection de cet ouvrage, viennent de quelques traits de ressemblance qu'il a avec le poëme grec; au lieu que ces traits mêmes tirent leur perfection du choix que vous en faites, de la place où vous les employez, et de cette foule de beautés originales dont vous les accompagnez toujours. La preuve de ma pensée, Monseigneur, car je crois qu'il est à propos de vous prouver à vous-même votre supériorité, c'est que malgré les mœurs anciennes qu'on al-

---

[1] « Un de vos ouvrages, etc. » Le *Télémaque*, qui est rempli d'imitations de l'Iliade et surtout de l'Odyssée. Lamotte ne nomme pas cet ouvrage, peut-être par discrétion; on sait que le *Télémaque*, qui causa à son auteur tant de chagrins, fut rendu public en 1699 par l'infidélité d'un copiste et malgré l'archevêque de Cambray; la première édition authentique fut publiée en 1717 par le marquis de Fénelon, et dédiée à Louis XV. On remarque que, dans sa correspondance la plus intime, nulle part Fénelon ne parle du *Télémaque*, si ce n'est dans une lettre à M. de Chevreuse, que l'on rapporte aux années 1699 ou 1700. On y trouve cette seule phrase : « M. de Paris... auroit réussi à me faire rappeler à la cour, *sans Télémaque, qui a irrité Madame de Maintenon et qui l'a obligée à rendre le roi ferme pour la négative.* »

lègue toujours comme la cause de nos dégoûts injustes, votre prétendue imitation est lue tous les jours avec un nouveau plaisir par toutes sortes de personnes ; au lieu que l'*Iliade* de madame Dacier, quoiqu'élégante, tombe des mains malgré qu'on en ait, à moins qu'une idolâtrie pour Homère ne ranime le zèle du lecteur. Je vais même jusqu'à croire que vous-même, avec ce style enchanteur qui n'a été donné qu'à vous, ne réussiriez à faire lire une traduction de ce poëme [1], qu'en lui prêtant beaucoup du vôtre J'ai aussi mes partisans, Monseigneur ; vous sçaurez peut-être que le père Sanadon, dans sa harangue, m'a fait l'honneur outré de m'associer à vos louanges. Le père Porée, son collègue [2], souscrit à son approbation ; et je vous nommerois encore bien d'autres savants, si je ne craignois que ma prétendue naïveté ne vous parût orgueil, comme en effet elle pourroit bien l'être. Mes critiques n'ont encore que parlé. Ce qui m'est revenu de leurs discours ne m'a point paru solide. Je ne sçai s'ils me feront l'honneur d'écrire contre mes sentiments ; mais je les attends sans crainte, bien résolu de me rendre avec plaisir à la raison, et de défendre aussi la vérité de toutes mes forces. N'est-ce pas grand dommage, Monseigneur, qu'il n'y ait presque ni fermeté, ni candeur [3] parmi les gens de lettres ? Ils prennent servilement le ton les uns des autres ; et plus amoureux de leur réputation que de la vérité, ils sont bien moins occupés de ce qu'ils devroient dire, que de ce qu'on dira d'eux. Si quelquefois ils osent prendre des sentiments contraires, c'est encore pis. On dispute, mais ce n'est pas pour rien éclaircir, c'est pour vaincre ; et presque personne n'a le courage de céder aux bonnes raisons d'un autre. Pour moi, Monseigneur, qui ne suis rien dans les lettres, je me flatte d'avoir de meilleures intentions qui seroient bien mieux placées avec plus de capacité. Je me fais une loi de dire, sur tout, ce que je pense après l'avoir médité sérieusement, et je me dédommagerai toujours de m'être mépris,

---

[1] « Une traduction de ce poëme. » On trouve dans les œuvres de Fénelon une traduction de quelques livres de l'*Odyssée*, et un précis assez étendu des autres livres.

[2] Le père *Sanadon* et le père *Porée*, jésuites, tous deux forts instruits. Voltaire, qui avait été l'élève du père Porée, lui envoyait ses tragédies et le consultait avec déférence. Dans une lettre écrite en 1729, il le prend pour juge entre Lamotte et lui, à l'occasion de la discussion littéraire qui s'éleva au sujet des trois unités et de la rime, que Lamotte voulait alors proscrire *comme un usage barbare inventé depuis peu.*

[3] « Ni candeur. » Lorsque Voltaire engagea avec Lamotte la polémique dont nous venons de parler, ils se traitèrent au contraire avec beaucoup de politesse et de courtoisie ; Voltaire s'en félicite dans sa lettre au père Porée, puis il ajoute : « Voilà comme les gens de lettres devraient se combattre ; voilà « comme ils en useraient s'ils avaient été à votre école : mais ils sont d'ordi- « naire plus mordants que des avocats, et *plus emportés que des Jansénistes.* « Les lettres humaines sont devenues très-inhumaines. On injurie, on cabale, « on calomnie, on fait des couplets. Il est plaisant qu'il soit permis de dire aux « gens par écrit ce qu'on n'oserait pas leur dire en face ! Vous m'avez appris, « mon cher père, à fuir ces bassesses et à savoir vivre comme à savoir écrire. »

par l'honneur de convenir de mon tort, qui que ce soit qui me le
montre. Voilà bien de la morale, Monseigneur ; je vous en demande pardon, mais je ne la débite ici que pour m'en faire devant vous un engagement plus étroit de la suivre dans l'occasion

Je suis, avec le plus profond respect et un attachement égal,

MONSEIGNEUR,

Votre très-humble, etc.,   LAMOTTE.

Paris, ce 15 avril 1714.

VIII. DE FÉNELON.

La lettre que vous m'avez fait là grâce de m'écrire, Monsieur,
est très-obligeante ; mais elle flatte trop mon amour-propre, et je
vous conjure de m'épargner. De mon côté, je vais vous répondre
sur l'affaire du temps présent d'une manière qui vous montrera,
si je ne me trompe, ma sincérité.

Je n'admire point aveuglément tout ce qui vient des anciens [1].
Je les trouve fort inégaux entre eux. Il y en a d'excellents : ceux
même qui le sont ont la marque de l'humanité, qui est de n'être
pas sans quelque reste d'imperfection. Je m'imagine même que si
nous avions été de leur temps, la connoissance exacte des mœurs,
des idées des divers siècles, et des dernières finesses de leurs langues, nous auroit fait sentir des fautes que nous ne pouvons plus
discerner avec certitude. La Grèce, parmi tant d'auteurs qui ont
eu leurs beautés, ne nous montre, au-dessus des autres, qu'un
Homère, qu'un Pindare, qu'un Théocrite, qu'un Sophoclé, qu'un
Démosthène. Rome, qui a eu tant d'écrivains très-estimables, ne
nous présente qu'un Virgile, qu'un Horace, qu'un Térence, qu'un
Catulle, qu'un Cicéron. Nous pouvons croire Horace sur sa parole, quand il avoue qu'Homère même se néglige un peu en quelques endroits.

Je ne saurois douter que la religion et les mœurs des héros
d'Homère n'eussent de grands défauts. Il est naturel que ces défauts nous choquent dans les peintures de ce poëte. Mais j'en
excepte l'aimable simplicité du monde naissant [2]. Cette simplicité
des mœurs, si éloignée de notre luxe, n'est point un défaut, et
c'est notre luxe qui en est un très-grand. D'ailleurs un poëte est
un peintre qui doit peindre d'après nature, et observer tous les caractères.

Je crois que les hommes de tous les siècles ont eu à peu près le
même fonds d'esprit et les mêmes talents, comme les plantes ont
eu le même suc et la même vertu. Mais je crois que les Siciliens,
par exemple, sont plus propres à être poëtes que les Lapons. De

[1] « Tout ce qui vient des anciens, etc. » Voir, pour toute cette lettre, la sec-
tion X de la *Lettre sur les Occupations de l'Académie*, page 85

[2] « L'aimable simplicité du monde naissant. » Charmante expression, qui
rappelle celle de Lucrèce : *novitas tum florida mundi.*

plus, il y a eu des pays où les mœurs, la forme du gouvernement, et les études, ont été plus convenables que celles des autres pays pour faciliter le progrès de la poësie. Par exemple, les mœurs des Grecs formoient bien mieux des poëtes que celles des Cimbres et des Teutons. Nous sortons à peine d'une étonnante barbarie ; au contraire, les Grecs avoient une très-longue tradition de politesse, et d'études des règles, tant sur les ouvrages d'esprit que sur les beaux-arts.

Les anciens ont évité l'écueil du bel esprit, où les Italiens modernes sont tombés [1], et dont la contagion s'est fait un peu sentir à plusieurs de nos écrivains [2], d'ailleurs très-distingués. Ceux d'entre les anciens qui ont excellé, ont peint avec force et grâce la simple nature. Ils ont gardé les caractères, ils ont attrapé l'harmonie ; ils ont su employer à propos le sentiment et la passion. C'est un mérite bien original.

Je suis charmé des progrès qu'un petit nombre d'auteurs a donnés à notre poésie [3]; mais je n'ose entrer dans le détail, de peur de vous louer en face. Je croirois, Monsieur, blesser votre délicatesse. Je suis d'autant plus touché de ce que nous avons d'exquis dans notre langue, qu'elle n'est ni harmonieuse, ni variée, ni libre, ni hardie, ni propre à donner de l'essor, et que notre scrupuleuse versification rend les beaux vers presque impossibles dans un long ouvrage [4].

En vous exposant mes pensées avec tant de liberté, je ne prétends ni reprendre ni contredire personne. Je dis historiquement [5] quel est mon goût, comme un homme, dans un repas, dit naïvement qu'il aime mieux un ragoût que l'autre. Je ne blâme le goût d'aucun homme, et je consens qu'on blâme le mien.

---

[1] « Où les Italiens modernes sont tombés. » Ce sont ces pointes que l'on a appelées *concetti*. En voici un échantillon que nous fournit Voltaire : « Voiture cite avec complaisance, dans sa cinquième lettre à Costar, *l'atome sonnant du Marini (poëte italien venu en France avec la reine Marie de Médicis); la voix emplumée, le souffle vivant vêtu de plumes, la plume sonore, le chant ailé, le petit esprit d'harmonie caché dans de petites entrailles ;* »—et tout cela pour dire *un rossignol.* »

[2] « Plusieurs de nos écrivains. » Voiture par exemple, si renommé de son vivant, et dont la réputation se soutint assez longtemps pour que le sage Boileau, cédant au préjugé, l'osât nommer à côté d'Horace. Dans une de ses lettres, Voiture dit de Condé, qu'on avait surnommé le *Brochet* dans une société de précieuses et de beaux-esprits : « à votre nom, les baleines du nord suent à grosses gouttes. »

[3] « Progrès... donnés. » *Donner des progrès,* expression peu correcte.

[4] « Les beaux vers. » Si par cette expression Fénelon ne désigne pas simplement les vers sonores et retentissants, les vers à effet ; s'il entend par là des vers purs, harmonieux, passionnés, toujours convenables à la situation et au caractère des personnages, il semble que les cinq actes d'*Athalie* lui offraient une assez longue suite de beaux vers, pour lui faire effacer cette phrase, s'il y eût songé.

[5] « Historiquement. » Par cette expression un peu bizarre, Fénelon veut dire sans doute, qu'il se borne à constater un *fait,* et à choisir parmi les ouvrages *connus,* ceux qui le satisfont le plus.

Si la politesse et la discrétion nécessaires pour le repos de la société demandent que les hommes se tolèrent mutuellement dans la variété d'opinions où ils se trouvent pour les choses les plus importantes à la vie humaine, à plus forte raison doivent-ils se tolérer sans peine dans la variété d'opinions sur ce qui importe très-peu à la sûreté du genre humain. Je vois bien qu'en rendant compte de mon goût, je cours risque de déplaire aux admirateurs passionnés et des anciens et des modernes ; mais sans vouloir fâcher ni les uns ni les autres, je me livre à la critique des deux côtés.

Ma conclusion est qu'on ne peut pas trop louer les modernes qui font de grands efforts pour surpasser les anciens. Une si noble émulation promet beaucoup. Elle me paroîtroit dangereuse, si elle alloit jusqu'à mépriser et à cesser d'étudier ces grands originaux[1] : mais rien n'est plus utile que de tâcher d'atteindre à ce qu'ils ont de plus sublime et de plus touchant, sans tomber dans une imitation servile[2] pour les endroits qui peuvent être moins parfaits ou trop éloignés de nos mœurs. C'est avec cette liberté que Virgile a suivi Homère.

Je suis, Monsieur, avec l'estime la plus sincère et la plus forte, votre très-humble et très-obéissant serviteur,

FR. AR., DUC DE CAMBRAY.

A Cambray, ce 4 mai 1714.

[1] « *Ces grands originaux.* » *Ces grands modèles.* Original se prenait souvent dans ce sens au dix-septième siècle. « *Madame de Montausier a exprimé par ses vertus ce parfait original.* » FLÉCHIER. (Le *type* de la femme forte, que nous trouvons dans l'Écriture).

[2] « Sans tomber dans une imitation servile. » Voici sur ce point l'opinion de La Fontaine. « Selon certains auteurs, dit-il :

> . . . . On ne peut, sans foiblesse,
> « Rendre hommage aux esprits de Rome et de la Grèce.
> « Craindre ces écrivains ! On écrit tant chez nous !
> « La France excell'e aux arts ; ils y fleurissent tous.....
> « Dieu n'aimeroit-il plus à former des talents ?
> « Les Romains et les Grecs sont-ils seuls excellents ? »
> Ces discours sont fort beaux, mais fort souvent frivoles.
> Je ne vois point l'effet répondre à ces paroles ;
> Et, faute d'admirer les Grecs et les Romains,
> On s'égare en voulant tenir d'autres chemins.
> Quelques imitateurs, sot bétail, je l'avoue,
> Suivent en vrais moutons le pasteur de Mantoue.
> J'en use d'autre sorte ; et, me laissant guider,
> Souvent à marcher seul j'ose me hasarder.
> On me verra toujours pratiquer cet usage ;
> Mon imitation n'est pas un esclavage ;
> Je ne prends que l'idée, et les tours, et les lois
> Que nos maîtres suivoient eux-mêmes autrefois.
> Si d'ailleurs quelqu'endroit, plein chez eux d'excellence,
> Peut entrer dans mes vers sans nulle violence,
> Je l'y transporte, et veux qu'il n'ait rien d'affecté,
> Tâchant de rendre mien cet air d'antiquité.....
> Térence est dans mes mains ; je m'instruis dans Horace
> Homère et son rival sont mes dieux du Parnasse :
> Je le dis aux rochers ; on veut d'autres discours :
> Ne pas louer son siècle est parler à des sourds.
> Je le loue, et je sais qu'il n'est pas sans mérite ;
> Mais, près de ces grands noms, notre gloire est petite.

Épitre à M. l'évêque d'Avranches. 1674.

IX. DE LAMOTTE.

MONSEIGNEUR,

C'est me priver trop longtemps de l'honneur de vous entretenir : donnez-moi, je vous prie, un moment d'audience. J'ai lu plusieurs de vos ouvrages, et vous souffrirez, s'il vous plaît, que je vous rende compte de la manière dont j'en ai été touché. M. Destouches[1] m'a lu quantité de vos lettres, où j'ai senti combien il est doux d'être aimé de vous : le cœur y parle à chaque ligne ; l'esprit s'y confond toujours avec la naïveté et le sentiment ; les conseils y sont riants sans rien perdre de leur force : ils plaisent autant qu'ils convainquent ; et je donnerois volontiers les louanges les plus délicates pour des censures ainsi assaisonnées par l'amitié. M. Destouches a dû vous dire combien nous vous aimions en lisant vos lettres, et combien je l'aimois lui-même d'avoir mérité tant de part dans votre cœur... Je passe au discours que vous avez envoyé à l'Académie Françoise[2]. Tout le monde fut également charmé des idées justes que vous y donnez de chaque chose. Il n'appartient qu'à vous d'unir tant de solidité à tant de grâces : mais je vous dirai que sur Homère, les deux partis se flattoient de vous avoir chacun de leur côté. Vous faites Homère un grand peintre ; mais vous passez condamnation sur ses dieux et sur ses héros. En vérité, si de votre aveu les uns ne valent pas nos fées, et les autres nos honnêtes gens, que devient un poëme rempli de ces deux sortes de personnages[3] ? Malgré le talent de peindre que je trouve avec vous dans Homère, la raison n'est-elle pas révoltée à chaque instant par des idées qu'elle ne sçauroit avouer, et qui, du côté de l'esprit et du cœur, trouvent un double obstacle à l'approbation ? Je ne vous demande pas pardon de ma franchise, j'en ai fait vœu avec vous pour le reste de ma vie, et je suis sûr que vous m'en aimez mieux. Je vous envoye le discours que j'ai prononcé à l'Académie le jour de la distribution des prix[4] ; j'étois

[1] *M. Destouches*, dont Fénelon parle souvent dans ses dernières lettres, comme d'un ami de son neveu, le marquis de Fénelon, venait de passer plus de quinze jours à Cambray.

[2] « Au discours que vous avez envoyé à l'Académie françoise. » Il s'agit ici de la Lettre qui précède cette correspondance.

[3] « Que devient un poëme, etc. » On voit, par ce jugement sec et dédaigneux, qu'indépendamment des autres qualités nécessaires pour traduire l'Iliade, Lamotte manquait encore de la première condition indispensable au traducteur d'un grand poëte, l'enthousiasme pour son modèle. Dans l'ode déjà citée, Homère fait à Lamotte la confession de ses prétendus défauts avec une humilité parfaite :

> Mon siècle eut des dieux trop bizarres,
> Des héros d'orgueil infectés,
> Des rois indignement avares,
> Défauts autrefois respectés ;
> Adoucis tout avec prudence ;
> Que de l'exacte bienséance
> Ton ouvrage soit revêtu, etc.

[4] « Je vous envoie le discours, etc. » Ce discours est celui que Lamotte pro-

directeur. J'ai cru devoir traiter une matière dont il me semble qu'on auroit dû parler dès la première distribution ; on me l'avoit pourtant laissée depuis cinquante ans ; je m'en suis saisi comme d'un bien abandonné, et qui appartenoit à la place où j'étois. Le discours me parut généralement approuvé, mais j'en appelle à votre jugement ; c'est à vous de me marquer les fautes qui m'y peuvent être échappées.

Je suis avec le respect le plus profond,

MONSEIGNEUR,   Votre très-humble, etc.,   LAMOTTE.

A Paris, ce 3 novembre 1714.

X. DE FÉNELON.

Chacun se peint sans y penser, Monsieur, dans ce qu'il écrit. La lettre que j'ai reçue au retour d'un voyage ressemble à tout ce que j'entends dire de votre personne. Aussi ce portrait est-il fait de bonne main. Il me donneroit un vrai désir de voir celui qu'il représente. Votre conversation doit être encore plus aimable que vos écrits : mais Paris vous retient ; vos amis disputent à qui vous aura, et ils ont raison. Je ne pourrois vous espérer à mon tour que par un enlèvement de la main de M. Destouches.

       Omitte mirari beatæ
     Fumum et opes strepitumque Romæ.
    Plerumque gratæ divitibus vices [1].

Nous vous retiendrions ici[2], comme les preux chevaliers étoient

nonça, le 25 août 1714, à la distribution des prix d'éloquence. C'est une assez longue dissertation sur les qualités exigées par l'Académie des poëtes et des orateurs, qui aspirent à ses couronnes. « Nous voulons, dit Lamotte, que les « poëtes prennent l'essor, mais *un essor sage, et qui ne les fasse pas perdre* « *de vue...* Le bon poëte est celui-là seul, qui sait tourner toutes les diffi- « cultés à l'avantage de la raison, qui ne rime richement, que pour s'en expri- « mer mieux, qui n'est fidèle au repos des vers, que pour en être plus clair, « et qui n'emploie les mots nobles, qu'afin que le sens en soit plus fort et « plus élevé. » Voilà la belle définition que Lamotte donne du bon poëte. C'est le portrait de Lamotte, peint par lui-même : encore le portrait est-il flatté. On peut appliquer à tout ce discours la première phrase de la lettre suivante : « Chacun se peint sans y penser dans ce qu'il écrit. »

[1] « Hor. *Lib.* III, *Od.* XXIII, v. 11-13, édit. classiq. de M. A. de Wailly.— Voir, p. 105, la traduction de ces vers.

[2] « Nous vous retiendrions ici, etc. » — Fénélon exerçait à l'égard des étran- gers que le désir de voir de près un grand homme appelait à Cambrai, une noble et généreuse hospitalité. —« Rien d'égal à la politesse, au discernement, à l'agrément avec lequel il recevoit tout le monde. Dans les premières années on l'évitoit, il ne couroit après personne ; peu à peu les charmes de ses ma- nières lui rapprochèrent un certain gros... Le matin il recevoit qui le vouloit voir... Il dînoit avec la compagnie toujours nombreuse, mangeoit peu et peu solidement, mais demeuroit longtemps à table pour les autres, et les charmoit par l'aisance, la variété, le naturel, la gaîté de sa conversation, sans jamais descendre à rien qui ne fût digne et d'un évêque et d'un grand seigneur ; sor- tant de table il demeuroit peu avec la compagnie ; *il l'avoit accoutumée à vivre chez lui sans contrainte, et à n'en pas prendre pour elle,* etc. — SAINT- SIMON, éd. 1829, t. XII, p. 63 et suiv.

retenus par enchantement dans les vieux châteaux. Ce qui est de réel, est que vous seriez céans [1] libre comme chez vous, et aussi aimé que vous l'êtes par vos anciens amis. Je serois charmé de vous entendre raisonner avec autant de justesse sur les questions les plus épineuses de la théologie, que sur les ornements les plus fleuris de la poésie. Vous savez, j'en ai la preuve en main, transformer le poëte en théologien. D'un côté, vous avez réveillé l'émulation pour les prix de l'Académie, par un discours d'une très-judicieuse critique, et d'un tour très-élégant. De l'autre, vous réfutez en peu de mots, dans la lettre que je garde [2], une très-fausse et très dangereuse notion du libre arbitre, qui impose en nos jours à un grand nombre de gens d'esprit.

Au reste, Monsieur, je me trouve plus heureux que je ne l'espérois : est-il possible que je contente les deux partis des anciens

[1] « Céans. » Ici.

      « Quoi ! je souffrirai, moi, qu'un cagot de critique
      « Vienne usurper *céans* un pouvoir tyrannique. »   MOLIÈRE.

[2] « Dans la lettre que je garde. » Voici cette lettre qui ne se trouve dans aucune des éditions complètes de Fénelon. Pourquoi ne pas l'y avoir admise, puisqu'on y admettait toutes les autres lettres de Lamotte à Fénelon ? Elle est citée par M. de Beausset, dans son *Histoire de Fénelon*, t. III, p. 10.

                        1.er janvier 1714.

« Monseigneur, j'ai lu votre instruction pastorale ; jamais matière ne m'a
« paru mieux éclaircie. J'y ai remarqué même que, pour ne point laisser de
« réplique à la chicane, vous avez le courage d'en dire plus qu'il ne faudroit
« à des gens de bonne foi ; que vous ne dédaignez pas les objections les plus
« absurdes, parce qu'enfin on ne laisse pas de les faire, et que vous croyez qu'il
« est de la charité de payer de raisons les gens les plus déraisonnables. Se peut-
« il, monseigneur (car j'ai mon zèle aussi sur cette matière), se peut-il qu'on
« donne au mot de *liberté* un sens aussi forcé que celui que lui donnent ceux
« que vous réfutez. Nous sommes donc, selon eux, comme une bille sur un bil-
« lard, indifférente à se mouvoir à droite et à gauche ; mais dans le temps même
« qu'elle se meut à droite, on la soutient encore indifférente à s'y mouvoir,
« par la raison qu'on l'auroit pu pousser à gauche. Voilà ce qu'on ose appeler
« en nous *liberté*, une *liberté* purement passive, qui signifie seulement l'usage
« différent que le Créateur peut faire de nos volontés, et non pas l'usage que
« nous en pouvons faire nous-mêmes avec son secours. Quel langage bizarre
« et frauduleux ! on croit, en attachant ainsi aux mots des idées contraires à
« l'institution générale, éluder les censures de l'Église ; on parle comme elle
« en pensant tout autrement, et l'on trouve mauvais qu'elle rejette des enfants
« qui ne tiennent à elle que par l'hypocrisie des termes. Pardonnez-moi,
« monseigneur, ces saillies théologiques.

« Encore un mot sur votre mandement, et je rentre dans ma sphère. J'y ai
« été frappé surtout d'un argument que vous faites sur l'autorité de l'Église ;
« c'est d'elle seule que nous recevons l'interprétation de l'Écriture, à plus
« forte raison celle des Pères. Il ne s'agit donc plus d'alléguer les textes des
« saints docteurs ; il ne faut qu'interroger l'Église sur le sens qu'elle y ap-
« prouve ; et quand on supposeroit que ce n'est pas le vrai sens des auteurs,
« il n'en seroit pas moins la seule règle de foi. L'Église a décidé, par exemple,
« que l'homme peut refuser son consentement à la grâce s'il le veut ; il n'en
« faut pas davantage ; c'est par cette seule parole que je dois expliquer tous
« les livres des Pères sur la grâce ; et quelques difficultés qui s'y trouvent,
« c'est le dénouement universel. »

et des modernes, moi qui craignois tant de les fâcher tous deux?
me voilà tenté de croire que je ne suis pas loin du juste-milieu,
puisque chacun des deux partis me fait l'honneur de supposer
que j'entre dans son véritable sentiment. C'est ce que je puis désirer de mieux, étant fort éloigné de l'esprit de critique et de partialité. Encore une fois, je vous abandonne sans peine les dieux et les
héros d'Homère [1] ; mais ce poëte ne les a pas faits. Il a bien fallu
qu'il les prît tels qu'il les trouvoit. Leurs défauts ne sont pas les
siens. Le monde idolâtre et sans philosophie ne lui fournissoit que
des dieux qui déshonoroient la divinité, et que des héros qui n'é-
toient guère honnêtes gens. C'est ce défaut de religion solide et de
pure morale qui a fait dire à saint Augustin sur ce poëte : *Dul-
cissime vanus est.... Humana ad Deos transferebat* [2]. Mais enfin
la poësie est comme la peinture, une imitation. Ainsi Homère atteint au vrai but de l'art, quand il représente les objets avec grâce,
force et vivacité. Le sage et savant Poussin auroit peint le Gues-
clin et Boucicaut simples et couverts de fer, pendant que Mignard
auroit peint les courtisans du dernier siècle avec des fraises, ou des
collets montés, ou avec des canons [3], des plumes, de la broderie
et des cheveux frisés. Il faut observer le vrai, et peindre d'après
nature. Les fables mêmes qui ressemblent aux contes des fées,
ont je ne sais quoi qui plaît aux hommes les plus sérieux [4] : on re-
devient volontiers enfant, pour lire les aventures de Baucis et de
Philémon, d'Orphée et d'Eurydice. J'avoue qu'Agamemnon a une

[1] « Encore une fois, etc. » Il semble que Fénelon commençait à s'impatienter
un peu de voir reproduire sans cesse la même objection : il prend cependant
la peine d'y répondre dans les lignes suivantes.

[2] *Confess. Lib.* I, c. XIV. « Il est très-agréablement frivole... Il donnait aux
« dieux des passions humaines. »

[3] « Des canons. »—Les canons étaient un cercle d'étoffe qu'on attachait au
dessus du genou, et qui descendait jusqu'au milieu de la jambe. Ils étaient ordinairement plissés à petits plis, et quelquefois garnis de dentelles. Il fut longtemps du bel air de les porter très-longs :

> .....Ces grands canons où, comme en des entraves,
> On met tous les matins ses deux jambes esclaves,
> Et par qui nous voyons ces messieurs les galants
> Marcher écarquillés ainsi que des volants.   MOLIÈRE.

[4] « Qui plaît aux hommes les plus sérieux. »

> Si Peau d'Âne m'étoit conté
> J'y prendrois un plaisir extrême.   LA FONTAINE.

> O l'heureux temps que celui de ces fables,
> Des bons démons, des esprits familiers,
> Des farfadets aux mortels secourables !
> On écoutait tous ces faits admirables
> Dans son château, près d'un large foyer :
> Le père et l'oncle, et la mère et la fille,
> Et les voisins, et toute la famille,
> Ouvraient l'oreille à monsieur l'aumônier,
> Qui leur fesait des contes de sorcier.
> On a banni les démons et les fées :
> Sous la raison les grâces étouffées
> Livrent nos cœurs à l'insipidité ;
> Le raisonner tristement s'accrédite :
> On court, hélas! après la vérité ;
> Ah! croyez-moi, l'erreur a son mérite.

arrogance grossière, et Achille un naturel féroce ; mais ces caractères ne sont que trop vrais et que trop fréquents. Il faut les
peindre pour corriger les mœurs. On prend plaisir à les voir peints
fortement par des traits hardis. Mais pour les héros des romans, ils n'ont rien de naturel : ils sont faux, doucereux et fades.
Que ne dirions-nous point là-dessus, si jamais Cambray pouvoit
vous posséder? une douce dispute animeroit la conversation.

> O noctes cœnæque deum, quibus ipse, meique,
> Ante Larem proprium vescor..............
> Sermo oritur, non de villis domibusve alienis...
> .... Sed quod magis ad nos
> Pertinet, et nescire malum est, agitamus : utrumne
> Divitiis homines an sint virtute beati [1].

Vous chanteriez quelquefois, Monsieur, ce qu'Apollon vous
inspireroit.

> Tum vero in numerum Faunosque ferasque videres
> Ludere, tum rigidas motare cacumina quercus [2].

FR. AR., DUC DE CAMBRAY,

A Cambray, ce 22 novembre 1714.

XI. DE LAMOTTE.

MONSEIGNEUR,

Le parti en est pris, je me ferai enlever par M. Destouches dès
qu'il voudra bien se charger de moi, et j'irai me livrer aux en-
chantements de Cambray. Vous voulez bien m'y promettre de la
liberté et de l'amitié. Je profiterai si bien de l'une et de l'autre
que je vous en serai peut-être incommode. Je vous engagerai à
parler de toutes les choses que j'ai intérêt d'apprendre ; et je ne
rougirai point de vous découvrir toute mon ignorance, puisque
l'amitié vous intéresse à m'instruire. Pour l'affaire d'Homère, il
me semble, Monseigneur, qu'elle est presque vuidée entre vous
et moi. J'ai prétendu seulement que l'absurdité du paganisme,
la grossièreté de son siècle, et le défaut de philosophie lui avoient
fait faire bien des fautes : vous en convenez, et je conviens aussi
avec vous que ces fautes sont celles de son temps, et non pas les
siennes. Vous adoptez encore le jugement que saint Augustin

---

[1] HOR. II, S. VI, v. 65-66-71-74. « O nuits, ô festins dignes des Dieux! J'en
jouis avec mes amis, près de mes Pénates... On cause, non des maisons de
ville ou de campagne que d'autres possèdent... Mais nous parlons de choses
qui nous intéressent davantage, de choses qu'on ne doit pas ignorer; si l'homme
est heureux par les richesses ou par la vertu, etc. »
[2] VIRG. Ecl. VI, v. 27-28.

> Il prélude, et l'on voit les Faunes en cadence
> Des hôtes des forêts bondir environnés,
> Et les chênes mouvoir leurs vieux fronts sillonnés.   MILLEVOYE.

porte d'Homère : il dit de ce poëte qu'il est très-agréablement frivole. Le frivole tombe sur les choses, l'agréable tombe en partie
sur l'expression ; et puisque mes censures ne s'étendent jamais
qu'aux choses, me voilà d'accord avec saint Augustin et avec
vous ; mais, Monseigneur, comme une douce dispute est l'âme
de la conversation, je m'attends bien que j'aurai l'honneur de
m'entretenir avec vous à réveiller là-dessus de petites querelles.
Je vous dirai, par exemple, qu'Homère a eu tort de donner à un
homme aussi vicieux qu'Achille des qualités si brillantes[1] ; qu'on
l'admire plus qu'on ne le hait. C'est, à mon avis, tendre un piége
à la vertu de ses lecteurs que de les intéresser pour des méchants.
Vous me répondrez : j'insisterai. Les choses s'éclairciront ; et je
prévois avec plaisir que je finirai toujours par me rendre. Nous
passerons de là aux matières plus importantes. La raison me par-
lera par votre bouche, et vous connoîtrez à mon attention si je
l'aime. Voilà l'enchantement que je me promets, et malheur à
qui me viendra désenchanter[2].

Je suis avec le respect le plus profond,

MONSEIGNEUR,

Votre très-humble, etc.,   LAMOTTE.

A Paris, ce 18 décembre 1714.

---

[1] « De donner... à Achille des qualités si brillantes. »

Achille déplairoit moins bouillant et moins prompt :
J'aime à lui voir verser des pleurs pour un affront.   BOILEAU.

[2] « A qui me viendra désenchanter. » Ces douces espérances ne se réalisè-
rent pas ; dix jours après l'envoi de cette lettre, Fénelon, comme par un triste
pressentiment de sa mort prochaine, écrivait à la duchesse de Beauvilliers,
qui venait de perdre son mari, le *bon duc*, le digne ami de Fénelon : « Nous
« retrouverons bientôt ce que nous n'avons point perdu. *Nous nous en appro-*
« *chons tous les jours à grands pas. Encore un peu, et il n'y aura plus de*
« *quoi pleurer. C'est nous qui mourons ; ce que nous aimons vit et ne mourra*
« plus. » — Dix jours encore, et Fénelon était allé rejoindre son ami.

FIN DES LETTRES SUR HOMÈRE ET SUR LES ANCIENS.

JUGEMENT DE FÉNELON

SUR UN POÈTE DE SON TEMPS[1]

J'ai lu, monsieur, avec un grand plaisir, l'ouvrage de poésie que vous m'avez fait la grâce de m'envoyer. Je ne parlerois pas à un autre aussi librement qu'à vous ; et je ne vous dirai même ma pensée qu'à condition que vous n'en expliquerez à l'auteur que ce qui peut lui faire plaisir, sans m'exposer à lui faire la moindre peine[2]? Ses vers sont pleins, ce me semble, d'une poésie noble et hardie ; il pense hautement ; il peint bien et avec force ; il met du sentiment dans ses peintures, chose qu'on ne trouve guère en plusieurs poëtes de notre nation. Mais je vous avoue que, selon mon foible jugement, il pourroit avoir plus de douceur et de clarté. Je voudrois un je ne sais quoi, qui est une facilité à laquelle il est très-difficile d'atteindre. Quand on est hardi et rapide, on court risque d'être moins clair et moins harmonieux. Les beaux vers de Malherbe sont clairs et faciles comme la prose la plus simple, et

[1] On ne sait de quelles poésies il est question dans ce fragment : quelques éditeurs l'ont imprimé avec cette note : « *c'étaient, à ce que nous croyons, les poésies choisies de J. B. Rousseau.* » Sur quelles preuves s'appuie cette conjecture? Il n'est pas impossible que ces poésies aient été connues de Fénelon. Rousseau avait traduit quelques Psaumes pour le duc de Bourgogne, et dans une lettre du 30 janvier 1715, où il parle de la mort de Fénelon, il ajoute: « *J'ai* « *des raisons particulières de m'affliger plus que bien des gens parce que ce* « *grand homme m'honoroit de son estime, quoiqu'il ne m'eût jamais vu ;* « *plusieurs de ses amis l'ayant souvent entendu parler de moi d'une ma-* « *nière dont je suis également confus et charmé.* » Quoi qu'il en soit, les relations de Fénelon avec Lamotte ont été beaucoup plus suivies, et sont mieux constatées : il nous semble d'ailleurs que ce jugement s'applique beaucoup mieux à Lamotte qu'à Rousseau. Fénelon reproche au poëte qu'il vient de lire, de manquer de *facilité*, de *clarté*, d'*harmonie*: les vers de Lamotte n'ont en effet aucune de ces trois qualités, comme il est facile d'en juger par les fragments que nous en avons cités; et ce sont là au contraire les seules qualités qu'on ne peut sans injustice refuser à J. B. Rousseau. Fénelon insiste particulièrement sur le défaut d'harmonie; les vers de Lamotte sont d'une dureté proverbiale, ceux de Rousseau manquent de poésie, de force, d'inspiration, mais ils sont presque toujours mélodieux. Quant aux éloges que l'indulgent Fénelon croit devoir mêler à ses critiques, ils s'appliquent aussi bien ou aussi mal à Lamotte qu'à Rousseau : *Il peint bien et avec force, il pense hautement*; je ne sais même si du côté de la pensée Lamotte n'aurait pas l'avantage. Au reste la différence est peu sensible; car c'est surtout de la poésie lyrique qu'il est vrai de dire avec Boileau :

> Il n'est pas de degré du médiocre au pire.

[2] « La moindre peine. » — On peut répéter ici la remarque que nous avons faite plus haut : Fénelon pousse toujours un peu loin l'envie de plaire à tout le monde. Est-ce vraiment dire la vérité, que d'en dissimuler une partie?

ils sont nombreux comme s'il n'avoit songé qu'à la seule harmonie. Je sais, bien, monsieur, que cet assemblage de tant de choses qui semblent opposées, est presque impossible dans une versification aussi gênante que la nôtre[1]. De là vient que Malherbe, qui a fait quelques vers si beaux et si parfaits suivant le langage de son temps, en a fait tant d'autres où l'on le méconnoît. Nous avons vu aussi plusieurs poëtes de notre nation qui, voulant imiter l'essor de Pindare, ont eu quelque chose de dur et de raboteux. Ronsard a beaucoup de cette dureté avec des traits hardis. Votre ami est infiniment plus doux et plus régulier. Ce qu'il peut y avoir d'inégal en lui n'est en rien comparable aux inégalités de Malherbe ; et j'avoue que ma critique, trop rigoureuse, n'a presque rien à lui reprocher, et est forcée de le louer presque partout. Ce qui me rend si difficile, est que je voudrois qu'un court ouvrage de poésie fût fait comme Horace dit que les ouvrages des Grecs étaient achevés, *ore rotundo*. Il ne faut prendre, si je ne me trompe, que la fleur de chaque objet, et ne toucher jamais que ce qu'on peut embellir[2]. Plus notre versification est gênante, moins il faut hasarder ce qui ne coule pas assez facilement. D'ailleurs la poésie forte et nerveuse de cet auteur m'a fait tant de plaisir, que j'ai une espèce d'ambition pour lui[3], et que je voudrois des choses qui sont peut-être impossibles en notre langue. Encore une fois, je vous demande le secret, et je vous supplie de m'excuser sur ce que des eaux que je prends, et qui m'embarrassent un peu la tête, m'empêchent d'écrire de ma main. Il n'en est pas de même du cœur; car je ne puis rien ajouter aux sentiments très-vifs d'estime avec lesquels je suis votre, etc.

[1] « Une versification aussi gênante que la nôtre. » V. plus haut les mêmes idées dans la lettre V à Lamotte. N'est-ce pas une raison de plus pour croire que dans ce fragment il s'agit encore du même auteur, et que cette lettre pourrait bien être celle dont il est question au commencement de la 1re lettre de Lamotte?

[2] « Ne toucher que ce qu'on peut embellir. »

> . . . . Et quæ
> Desperat tractata nitescere posse, relinquit.
> Horace, Art poétique, v. 149.

[3] « Une espèce d'ambition pour lui. » « Vous voyez bien que je pense hautement pour vous. C'est ce qui vous convient. » Fénelon, Lettre II à Lamotte.

Paris. — Imprimerie J. Claye et Cᵉ, rue Saint-Benoît, 7.